三屋咲悠
illustration:okiura
學戰都市
ASTERISK
16.
金枝争濫
きんしそうらん

尤莉絲＝愛雷克希亞·
馮·里斯妃特
JULIS-ALEXIA VON RIESSFELD
Julis-Alexia von Riessfeld
Ayato Amagiri
天霧綾斗
AYATO AMAGIRI

Claudia Enfield
克勞蒂亞・恩菲爾德
CLAUDIA ENFIELD
Kirin Toudou
刀藤綺凜
KIRIN TOUDOU
沙沙宮紗夜
SAYA SASAMIYA

第一章
準決賽第二回合 003

第二章
孤毒與惡辣 041

第三章
異色眼 065

第四章
一線希望 099

第五章
起始的回憶 125

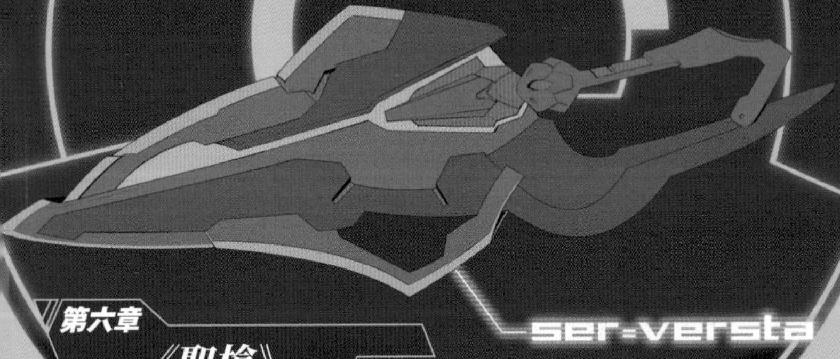

第六章
《聖槍》 149

第七章
決戰《瓦爾妲＝瓦歐斯》 191

終章 241

contents

三屋咲
illustration:Oki
學戰都市
ASTERISK
16.
金枝爭濫

彩頁・okiura

第一章　準決賽第二回合

每隔幾年，各統合企業財團會派數名最高經營幹部舉辦一次聚會，調整長期利害關係。名為「大會談」——是左右這個世界走向的首腦會談。這次在北關東多重撞擊坑湖面上，距離六花不遠的豪華遊艇中舉辦。

說是調整利害關係，其實每一間統合企業財團都是彼此的競爭對手。有些案件財團會聯手，但基本上任何財團的最終目的都是淘汰對手。可以肯定的是，任何財團都想將唯一且絕對的經濟圈擴展到全世界。

因此在「大會談」只會討論「會帶來毀滅性鬥爭的重大事項」。戰爭是一種政治手段，如果巧妙地管理，就能產生對應的利益。但是反過來說，超越一定的閾值就會失控，造成相當大的損失。

幸好自從《落星雨》之後，人類不再爆發世界規模的大戰。不過以前發生過瀕臨爆發大戰的例子。目前已經解體的統合企業財團，瑟威庫拉勒的毀滅成為導火線。爭奪特一級的貝爾迪斯隕石引發的武力紛爭，可能是最嚴重的一次。

後來統合企業財團便極力避免直接武力衝突。著重於維持力量的均衡——於是召開「大會談」成為常態。亦即統合企業財團彼此尋找吞併對手的破綻，卻又擔心均衡瓦解。彼此始終帶有某種程度上的矛盾。

唯一破除這種矛盾的機會，就是某間統合企業財團變成完全的少數。以現狀而言，一旦陷入五對一的困境，該財團將無從發動戰爭，被其他財團分割吞併。為了防止這種情況，統合企業財團彼此都維持錯綜複雜的利害關係。

不過世界上如今依然發生小規模競爭的衝突。統合企業財團直轄的軍事部門很少繞過下轄的國家相互衝突，但偶爾還是有。對財團發起的恐怖活動則多到數不清。

因此在舉辦《星武祭》中的六花召開「大會談」，在警衛負責人眼中可不是開玩笑的。這座大型觀光都市擠滿了來自各地的人潮，根本不可能完全警戒。既然有《魔女》與《魔術師》的存在，隨時有可能發生意料外的情況。

爭論到最後，為了確保高度安全性與機密性，才會從頭建造「大會談」專用遊艇。聽起來很奢華，不過在舉辦「大會談」後，似乎會改成富豪專用的觀光遊艇。

（其實也多虧這樣，看來有機會順利結束……）

在牆邊站立不動的男子，隸屬銀河總部的警衛部門。他注視眼前這片寂靜又平淡——卻充滿緊張感的會議，同時內心鬆了一口氣。

圍繞在巨大圓桌的三十名男女，都是各統合企業財團的最高經營幹部。即使年齡、性別與人種不一樣，可是所有人都大同小異。肯定因為他們都接受過最高等級的精神調整程式。

漫長的「大會談」也終於來到最後一天。今天結束後，眾人剩下的預定行程就是觀賞明天的《王龍星武祭》決賽，以及出席頒獎典禮。這段期間內，他們離開遊艇的次數不多。頂多在 Asterisk 議會露面，以及前幾天視察大賽營運總部。

期間他們也觀賞過《王龍星武祭》的比賽。但始終待在營運總部隔壁的特別觀戰室，並未踏入會場一步。雖然這樣就足以讓警衛負責人嚇出一身冷汗。

這次在各陣營的背後，各統合企業財團都有人負責警衛，像該男子一樣。不過為了以防萬一，他們都在一旁待命，以便隨時行動。除了這間會議室以外，遊艇內當然也高度戒備，維持二十四小時滴水不漏的警戒。其中有一半是 Asterisk 的星獵警備隊派遣的隊員。

不只是「大會談」，只要多數統合企業財團幹部聚集的場合，安排警衛部署都是難事。因為財團之間勢必互不信任。經常為了一條通道、一道門該部署哪個陣營的警衛而吵架。

對於這個問題，這次就可以安排不屬於任何陣營的星獵警備隊隊員。抽調人手原本就不夠的警備隊，其實有點過意不去（事實上，六花的警衛就因此顯得薄弱）。不過成員都由隊長赫爾加・林多瓦爾親自挑選，所有人都很優秀，而且還有潔癖。多數隊員的力量都能匹敵在名祭祀書名列前茅的強者。而且完全無法賄賂或收買，對職務有強烈使命感。況且如果是追求金錢或地位的人，早就像男子一樣受到統合企業財團挖角了。

沒錯。這名男子年輕時也在Asterisk待過，是在《星武祭》活躍的學生。還曾經名列《始頁十二人》之一。後來受到銀河總部的挖角，選擇軍事部門後進入警衛部門。

客觀上而言，他以前是頗為優秀的學生，但卻並非最頂尖的。若是比他更厲害——亦即曾經登上排名第一的強者，幾乎都會受到破格的條件招募。而且還是統合企業財團直轄，軍事部門最精銳的部隊。實際上能不能加入另當別論，不過從這一點可以看出來。原則上統合企業財團的戰略是進攻重於防守。

最優秀的人才（當然僅限於個人戰鬥能力層面）不會安排到警衛部門。而是保證一旦必須行使武力，就得達成目標。保護重要對象始終是次要的。

因為說得極端點，對統合企業財團而言，這些最高經營幹部都只是可以更換的零件。當然他們都是難得的人才，對財團而言也是必要人才。

但假設目前在場所有人遭到恐怖攻擊，或是發生意外身亡；即使會對財團造成重大損失，卻並非無法挽回。舉個不可能的例子，就算連同所有不在場的最高經營幹部都陣亡也一樣。損失會更大，許多事情會因此遲滯，但統合企業財團不會因此受阻。這樣不足以改變世界。

正因如此，財團會投入相應的人才與資金防止損失，但不求更進一步。頂多只要求符合CP值——打造這艘豪華遊艇，以及森嚴的警衛都僅在此一範疇。

統合企業財團是一隻貪心的怪物。比起保護自己，更願意打磨利齒以咬碎、撕裂獵物。為了讓自己更龐大，更強大。為了有朝一日——爆發矛盾撕裂某間統合企業財團的時刻。

（反正對於警衛而言，都是一些空泛的話……）

男子以手邊開啟成最小尺寸的空間視窗，確認遊艇內的情況，同時小聲自嘲。即使知道自己的工作超沒意義，卻依然不得不走這條路。當然世界上有一大半工作都是這樣。

沒錯。事到如今，不論做什麼都難以撼動世界。統合企業財團的統治堅如磐石，眾人也早已接受。因為他們耗費漫長歲月，將世界變成現在這樣。

當然也有不少人無法接受世界變成這樣，但終究是少數。他們無法撼動人心。

一如剛才的假設，即使他們殺害在場所有經營幹部，或許會對世界造成一定的衝擊，但僅止於此。這點程度無法改變人心，甚至無法讓體制產生裂痕。

這個世界，絕對不會改變。

——不過，真的絕對不會嗎？

＊

『好————的，各位觀眾！《王龍星武祭》準決賽第二回合，終於到了選手入場的時間！不論是哭是笑，都只剩下兩場比賽啦！究竟！究竟是哪一位選手會與早一步晉級決賽的尤莉絲＝愛雷克希亞．馮．里斯妃特選手一決雌雄呢！悠然走出西門的是最強無敵，全勝無敗的衛冕冠軍！在半準決賽擊敗宿命的對手，《戰律魔女》席爾薇雅．琉奈海姆後贏得準決賽門票，雷渥夫黑學院排名第一！《孤毒魔女》奧菲莉亞．蘭朵露芬選手！』

在盛大歡呼與鎂光燈聚焦的渡橋上，奧菲莉亞的純白色秀髮迎風飄逸。紗夜從東門入口緊緊注視她的身影。

紗夜完全沒想到自己能晉級到準決賽。

老實說，運氣的成分可能比較大。不論是分組名單或比賽內容，只要任何一處不一樣，如今站在此地的應該就是別人。

然而現在站在這裡的是自己。

最初的目的，與莉姆希一較高下並未實現。但是打贏蕾娜媞也算還了人情，紗夜心情也十分滿足。紗夜雙手的傷勢比想像中嚴重，甚至無法順利使用煌式武裝。精準射擊更是想都不用想。況且即使在萬全狀態下，要贏過奧菲莉亞也很難。這樣連上場比賽都沒辦法，所以紗夜原本也想棄權。

紗夜偶然想到──

正因為幸運之神眷顧，紗夜才能晉級至準決賽。或許這代表某種意義吧。

如此思考的同時，紗夜在腦海中浮現一項嘗試。

這對紗夜而言毫無意義。

除了危險以外沒有好處，也沒有任何必然性。若是無關的局外人，肯定會認為這是愚蠢行徑。

「……總之盡一切努力吧。」

紗夜嘴角略微揚起，如此嘀咕後，穿過東門走上渡橋。

『另外在東門現身的，是在半準決賽拿出震撼全世界，超超超霸道的巨大煌式武裝，擊敗阿勒坎特的最新型自律式擬形體，星導館學園的沙沙宮紗夜選手！誠如各位觀眾所知，沙沙宮選手隸屬本屆《獅鷲星武祭》的冠軍隊伍，恩菲爾德隊。如果她在這場比賽中獲勝，將是《王龍星武祭》史上第二次，《獅鷲星武祭》奪冠的同隊隊員在決賽中碰頭——』

『不過老實說，可能性趨近於零吧。』

負責轉播的札哈露拉打斷解說員梁瀨咪子的臺詞，說得很果斷。

『根據半準決賽的戰況，沙沙宮紗夜受到相當嚴重的傷。我認為她根本無法比賽。』

『沙沙宮選手有半準決賽使用過的巨大煌式武裝。這樣依然很困難嗎？』

『那項武裝啟動太費時了。我不認為奧菲莉亞．蘭朵露芬會給她時間啟動。』

好啦好啦，我早就知道了。

四十二式煌型殲滅級超大口徑粒子砲．諾因菲亞德服。這是紗夜為本屆《星武祭》準備的最強煌式武裝。純論威力的話，紗夜有自信對奧菲莉亞也有效。可是啟動需要九百九十九秒，目前的紗夜肯定熬不了那麼久。

紗夜從渡橋跳下舞臺後，奧菲莉亞充滿放棄的鮮紅眼眸緊盯紗夜。這既非侮辱，也不是輕視，只能隱約窺見些許悲傷。但是從她的表情看不出對紗夜有絲毫興趣。這也難怪。

根據比賽影片，奧菲莉亞僅在迎戰宿命的比賽中流露些許感情。一場是對席爾薇雅，另一場則是對《大博士》希兒妲・珍・羅蘭茲。紗夜只不過是她一路上輾壓的眾多對手之一。

（不過……可別小看我啊。）

紗夜咧嘴一笑後，當著她的面敲敲領口的麥克風。

察覺到紗夜的動作後，奧菲莉亞坦率地跟著關閉。

「……有什麼事？」

奧菲莉亞詢問的聲音始終平淡。

幸好她的廢話不多。

「有件事情想先告訴妳。」

「請說。」

「我今天不是來這裡戰鬥的。」

紗夜單刀直入開口後，奧菲莉亞略為訝異地皺眉。

「……？此話怎麼說？」

「我是來與妳對話的。」

聽到這句話，奧菲莉亞緩緩搖頭。

「是嗎？很可惜，我沒有什麼可說的。」

她的反應很正常。畢竟紗夜與奧菲莉亞互不相識。甚至懷疑奧菲莉亞根本不了解紗夜。

不過。

「那可不行。因為我身為尤莉絲＝愛雷克希亞・馮・里斯妃特的朋友，站在這裡。」

「……」

奧菲莉亞的表情始終紋絲不動。

但是紗夜沒有漏掉。她那充滿放棄與悲傷的表情之下，似乎有某些事物略為動搖。

「妳也是尤莉絲的朋友，所以讓我們促膝長談，聊個分明吧。」

結果她這次眉毛明顯跳了一下。

「我拒絕。這一切都是往事，早已過去。和現在的我沒有關係——真要說的話，和妳更沒有關係。」

奧菲莉亞的鮮紅眼眸緊緊盯著紗夜。

從她身上散發的壓力非同小可。光是站在場上，就感受到心臟快被捏扁的壓迫感。

不過如此一來，奧菲莉亞終於認知到紗夜這個人了。

這算是第一步吧。

紗夜略為吸一口氣，然後筆直回瞪奧菲莉亞的視線。

「怎麼可能沒有關係……！」

聲音中帶有些許怒意，紗夜果斷開口。

「我不知道詳情。尤莉絲什麼都不肯說，但她一定顧慮到我們才沒透露。尤莉絲很重視我……重視綺凜，重視克勞蒂雅，重視遙姊，還有綾斗。但她依然選擇了妳。」

紗夜伸出食指，筆直指向奧菲莉亞。

「可是妳卻說這些都是往事，沒有關係。我……我實在無法容忍這一點！」

「……無法容忍的話，妳打算怎麼做？」

奧菲莉亞啟動《霸潰血鐮》，緩緩舉起。

緊張感頓時升高，明顯感受到氣氛緊繃，殺氣騰騰。

「當然是打敗妳！……雖然很想誇下海口，但是現在的我實在辦不到。」

紗夜裝模作樣嘆了一口氣後，誇張地聳聳肩。

「所以一如我剛才所說，我想和妳談一談。談談妳究竟想做什麼。還有尤莉絲為何下定這麼大的決心，試圖阻止妳。如果知道原因，或許我也會明白。要相互理解，就要從對話開始。」

「……」

奧菲莉亞微微搖搖頭，似乎在迴避紗夜。然後她緩緩放下《霸潰血鐮》。

「那麼妳真的從一開始，就只想和我對話才來的嗎？」

「我一開始就這麼說了。」

「妳就沒想過，我會毫不留情擊敗妳？」

「當然，我也做好了覺悟。」

實際上，她很有可能這麼做。

應該說十之八九會這樣吧。奧菲莉亞沒有必要與紗夜對話。

不過——她是尤莉絲心中隱藏千思萬緒，亟欲迎戰的對手。

對手最好也有餘地能容納這些小事。希望她能容納。不，她應該容納才對。

（否則尤莉絲就太可憐了。）

「是嗎……妳做好心理準備了呢。」

奧菲莉亞瞇起眼睛。

「那麼即使喪命也不在乎？」

「——！」

聽得紗夜全身寒毛倒豎。

這不是威脅，奧菲莉亞是認真的。

實際上，奧菲莉亞在上一場半準決賽中，就曾經讓席爾薇雅心跳停止。即使後來立刻做心肺復甦術，但是相同狀況下，紗夜不見得能順利回魂。

「我當然還不想死。不過……嗯，肯定沒問題的。」

『沒問題』不是指比賽的結果。

紗夜口中的『沒問題』，可能代表奧菲莉亞不會使用導致自己喪命的絕招。

星武憲章中禁止刻意的殘忍行徑，還有以殺害對象為目的行徑。當然，很難區分一開始就帶有殺意的攻擊，以及結果導致對手喪命的攻擊。所以從未嚴格適用過這條規定。

話雖如此，先前才發生席爾薇雅的情況。雖然大會沒有實質懲罰奧菲莉亞，卻警告過她的行徑太過危險。如果再發生一次，照理說會出問題吧……應該。大概。

應該說希望如此。

「……好，那我就稍微陪妳過招。雖然妳的命運很弱，卻似乎有不可思議的邂逅呢。」

「咦……？」

說完，奧菲莉亞轉身背對紗夜，走向開始位置。

仔細一瞧，已經接近比賽開始的時間。

「在妳還在這座舞臺上的期間，我會回答妳的問題。」

「……很好。」

換句話說，如果要盡可能讓她開口，就得盡量躲過她的攻擊。

「──《王龍星武祭》準決賽第二回合，比賽開始！」

大會宣告比賽開始的同時，紗夜便啟動腰間與腳部的推進器元件。

與蕾娜媞比賽時，每一項遭到破壞的煌式武裝都嚴重損毀。一個晚上根本不可能修好。連這項推進器元件都是預備的。調整費了很大一番功夫，卻是比賽中不可或缺的元件。

「！」

立刻有幾隻奧菲莉亞以能力產生的瘴氣手臂直撲而來，紗夜往後滑行躲避。然後從懷裡掏出東西，丟向窮追不捨的瘴氣手臂。

隨後伴隨眩目的閃光與爆炸聲，強烈的爆風席捲舞臺。

『哎呀，這是什麼爆炸呢!?』

『哦……真難得，是煌型手榴彈呢。而且從威力來看，可能是特製的。』

一如其名，煌型手榴彈是利用萬應礦製成的手榴彈。與普通的煌式武裝不一樣，萬應礦使用後就損毀，因此以消耗品而言單價略貴。而且無法發揮煌式武裝最大的優點，也就是小型化（由於需要發動體，沒辦法做得和既有的手榴彈一樣小）。所以很少有人在 Asterisk 使用這種武器。

不過優點也不少。不僅爆風有定向性，還能輕易調整威力與爆炸時間。像剛才引誘對手到近距離才使用的情況下，若不是煌型手榴彈，自己也會遭到波及。

最重要的是，這項武器不會造成手臂的負擔。現在的紗夜無法精準射擊，也承受不了大型煌式武裝的反作用力，所以這是目前最適合的武器。札哈露拉說得沒錯，這是紗夜與父親創一聯手改良過的威力加強版。

（不過憑這個，就有機會應付《孤毒魔女》的瘴氣。）

奧菲莉亞的瘴氣是氣體，普通武器武裝對其無效。一如刀刃無法斬除毒氣，也無法應付奧菲莉亞的瘴氣。得靠《魔女》或《魔術師》的能力，或是對瘴氣有效的純星煌式武裝。紗夜平時使用的大型煌式武裝，倒也不是不能一口氣燒光。但是即便如此，也會敗在她的瘴氣手臂數量與速度之下。在這一點上，煌型手榴彈帶有定向性的爆風可以一口氣驅散瘴氣。

唯一的問題就是——攜帶數量。這次紗夜除了沒有受損的赫涅克萊姆榴彈砲以外，沒有帶其他的槍砲型煌式武裝。當然也沒有帶S模組，取而代之盡可能準備了煌型手榴彈。但即使在制服內側與腰間戴上套子，也頂多只能帶十六顆。即使不用擔心誤爆，再多帶的話會影響到動作。

換句話說，還剩下十五顆。

「……」

見到剛才的爆風，奧菲莉亞面不改色，再度從自己腳邊產生瘴氣手臂。

其實不意外。奧菲莉亞的星辰力幾乎無限，防禦力高得離譜。就算她在超近距離承受煌型手榴彈的爆風，應該也造成不了多少傷害。

不過紗夜原本的目的就不是戰勝她。

「好，那我問第一個問題。妳們——金枝篇同盟到底有什麼企圖？目的是什麼？」

先從非問不可的問題開始。

即使考慮間接證據，也可以肯定奧菲莉亞是金枝篇同盟的成員之一。紗夜、綺凜、綾斗、席爾薇雅、克勞蒂雅、星獵警備隊的赫爾加隊長，以及遙姊。再加上星導館學員情報員英士郎，甚至銀河最高經營幹部，克勞蒂雅的母親伊莎貝拉。以上幾人即使拚命調查，卻始終不明白金枝篇同盟的企圖。

如果能打聽到這個答案，紗夜來到此地就有了意義。

「誰曉得？我根本不知道他們的目的，也沒有興趣。」

奧菲莉亞橫持《霸潰血鐮》，回答紗夜。

隨後出現無數重力球，直撲紗夜。與席爾薇雅比賽時，她也曾使出上百顆重力球——紗夜邊後退邊丟出兩顆手榴彈，產生爆風壁壘躲過這一招。但依然有瘴氣手臂鑽過縫隙逼近。

「嘖！」

沒辦法，紗夜只能多丟一顆煌型手榴彈。現在還剩下十二顆。

當然，現在優先關心的不是手榴彈剩幾顆。

她剛才的回答應該沒有說謊。如果她要說謊，一開始拒絕與自己對話即可。

那麼問題出在提問的紗夜身上。

「……對金枝篇同盟而言，妳究竟是什麼角色？」

鑽空子躲過窮追不捨的瘴氣手臂，紗夜同時大聲開口。

「對他們而言……我想想，應該是達成計畫不可或缺的零件吧。」

這下子問對了。

「那麼妳在金枝篇同盟的計畫中，要達成的任務究竟是什麼？」

紗夜接著問出這問題後，奧菲莉亞的動作戛然而止。

「……我可以回答妳。可是一旦聽到答案，妳就無從回頭了，知道嗎？」

「我本來就不怕。」

「尤莉絲為了避免牽連妳們，不是才和妳們分道揚鑣嗎？」

「真囉嗦。我不知道她究竟背負什麼，但我們的器量足以與她共同承擔。」

紗夜果決地告知的瞬間，奧菲莉亞的眼眸湧現既非放棄，也非悲傷的情感。但紗夜不知道那究竟是憤怒、嫉妒、憐憫，抑或是羨慕。

「……是嗎，也好。既然妳說已經做好心理準備，那我就告訴妳。」

「！」

剎那間，奧菲莉亞一口氣縮短間距。

她並非會積極打近戰的人物，這一招出乎紗夜意料。不過紗夜啟動推進器立刻後退——奧菲莉亞揮舞的《霸潰血鐮》刀鋒以毫釐之差掠過面前，紗夜的瀏海在空中飛舞。

同時紗夜聽到。

奧菲莉亞的確如此低語。

「——我要殺死所有人。」

*

突然湧現的盛大歡呼，聽得綺凜忍不住停下腳步。

此地是再開發地區的花街。

太陽尚未完全西下，許多店家還沒開張。相較於夜晚的盛況，人潮顯得有些寂寥。不過設置在街角的大型空間視窗前方，依然出現好幾層人牆。一半顯然是局外人——亦即觀光客。剩下一半大概是盤踞在這條街上的夜店相關人物，或是黑道小弟。

螢幕上顯示的當然是《王龍星武祭》準決賽，紗夜與奧菲莉亞的比賽。

綺凜抬頭仰望拚命奮戰的紗夜……然後隨即搖搖頭，離開原地。

自己很想幫她加油，但綺凜目前也有任務在身。

最重要的是，紗夜本人禁止綺凜幫她加油。

『——不用幫我加油，畢竟我本來就沒打算贏過她。更重要的是，希望大家追查金枝篇同盟。』

既然她這麼說，別人也無法反駁。

但如果情況允許，綺凜還是想在最近的距離幫紗夜加油。

一如綾斗說過，尤莉絲是他的夥伴。對綺凜而言，紗夜也是自己最重要的搭檔。

即使踏上舞臺不為戰勝，可是與奧菲莉亞・蘭朵露芬比賽，不知道會發生什麼。

紗夜真的是賭上性命在戰鬥。

明知道這一點，紗夜依然站在準決賽舞臺上。這不是為了她自己，而是為了尤莉絲。為了夥伴。

『如果奧菲莉亞是金枝篇同盟的相關人物，或許能打聽到某些情報。就算失敗了，說不定也能幫到尤莉絲。反正一旦撐不下去，我會立刻棄權，所以不用擔心。』

綺凜想起紗夜說完後，一如往常悠哉地比出V字手勢。

紗夜的精神讓綺凜感到非常驕傲。

(所以我也得呼應紗夜同學的氣概……)

綺凜的任務是找出消失無蹤的馬迪亞斯・梅薩究竟在何處。

當然，毫無頭緒找起來十分困難。

Asterisk 能躲藏的地方，最可疑的就是包括花街的再開發地區。接下來就是地下區域。

警備隊似乎已經重點搜查這兩處。但目前人手不足，肯定有忽略的地方。

無論如何，任何蛛絲馬跡都不可或缺。綺凜目前接受克勞蒂雅之託，正準備與黑道幹部接觸。即使不如各學園的情報機構，精通在地的組織情報網依然不容小覷。由於是反雷渥夫勢力，因此不用擔心對方與狄路克勾結。

畢竟對方是黑道，老實說感到很不安。不過有英士郎幫忙牽線，還有克勞蒂雅託付的伴手禮（可能是敵對組織的相關情報之類）。船到橋頭應該自然直吧。綾斗目前應該也和自己一樣，正與其他組織碰頭。

(雖、雖然有點可怕……但是加油吧！)

過了這麼久，自己的膽小始終沒有改變。即使內心瀕臨氣餒，綺凜依然重新振作，然後偷瞄一眼身後。

身後的螢幕大大地特寫勉強熬過奧菲莉亞的猛攻後，紗夜露出拚命的表情。

＊

「——我要殺死所有人。」

一聽到這句話，紗夜感到冷汗從全身上下噴湧而出。心臟像打鼓一樣怦怦狂跳。

並非因為剛才千鈞一髮躲過《霸潰血鐮》時，瀏海被削到。紗夜害怕的是，奧菲莉亞的聲音不像開玩笑，認真得讓人打冷顫。

「殺死？所有人？妳在說什麼啊……？」

紗夜不明白她這句話。

「就是這個意思。我的任務是殺死在場所有人……不，是所有Asterisk的人。」

「——」

聽得紗夜無言以對。

「這種事情……」

「妳認為我辦不到？不，妳錯了。妳應該也知道吧，我以能力產生的毒素，可以自由改變效果與強弱。當然也可以變成劇毒，只要碰到一點點就足以致命。」

奧菲莉亞說得輕描淡寫，同時將腳邊湧現的瘴氣聚集至身旁。只見瘴氣宛如玩耍般，纏繞在奧菲莉亞的手上。

「為了如此控制，需要將瘴氣壓縮至一定濃度。但如果不需要控制，我的瘴氣足以籠罩這座小小的人工島。而且封鎖是不可能的。憑現在的我，甚至可以炸飛籠罩這座舞臺的防護力場。」

「……」

紗夜感到不寒而慄，但依然勉強鎮定下來，思索她這番話。

如果——如果真如奧菲莉亞所言能辦到，犧牲者將會多得嚇人。畢竟光是主要舞臺就有超過十萬名觀眾。而且六花可是世界首屈一指的觀光都市，舉辦《星武祭》期間更是人潮最洶湧的高峰。觀光客加上住在六花住宅區的居民，以及六座學園的學生，人數只會更多。

「不過我如果毫無節制地釋放能力，身體當然會撐不住。所以我應該無法目睹結果。」

平淡開口的同時，奧菲莉亞凝聚周圍的瘴氣，產生巨大的手臂。

「——化為塵土。」

一顆煌型手榴彈實在無法炸飛這麼大的手臂。

無可奈何之下，紗夜一口氣丟出三顆。舞臺上颳起呼嘯作響的爆風，擋住試圖抓住紗夜的瘴氣手臂。可是威力不足以讓瘴氣完全消散，即使輪廓東缺西損，還是依稀保持外型。紗夜咂舌的同時，又追加了兩顆。如此才完全炸飛瘴氣手臂。

可是如此一來，就只剩下七顆。

「意思是妳賭上了性命嗎？他們明明連目的都不肯告訴妳……！」

紗夜嘴裡嚷嚷，同時推進器使出最大功率逃離現場。幾隻死者手臂般的瘴氣跟著繞過爆風，朝紗夜追過來。

「我不是說過了？不是他們不告訴我，純粹是我不感興趣。當然狄路克・艾貝爾范撿到我的時候，有大致告訴過我……記得是要改變世界之類。反正這種事情很常見。況且對我而言，自己的生命根本毫無價值。我的一切都只是命運的附屬品罷了。」

奧菲莉亞的語氣真的十分乾脆，漠不關心。

「開什麼玩笑！什麼命運啊！」

怎麼能容許她為了這種莫名其妙的原因，奪走眾多人的性命。

原本想怒上心頭，狠狠痛罵她一頓，不過現在最優先的是套出情報。

壓抑情感，鑽過瘴氣手臂的同時，紗夜在舞臺上左躲右閃。同時對實在躲不過的瘴氣丟煌型手榴彈，勉強熬過奧菲莉亞的攻擊。

剩下五顆。

「尤莉絲全部知情嗎？」

「嗯，是我告訴她的。」

「那麼——」

那麼為何尤莉絲要獨自解決一切呢。

這件事實在非同小可，不該為了顧慮朋友奧菲莉亞而私下處理。應該立刻通報警備隊，甚至直接由統合企業財團接手。警備隊或許會採取正規流程，像是確保證據之類。但統合企業財團只要認為有必要，就會毫不留情處分奧菲莉亞。照理說這樣就能解決問題，就像以前銀河處理克勞蒂雅一樣。

就算奧菲莉亞價值重大，但是事態嚴重，雷渥夫的後盾陽雪也無法拒絕。如此一來，六間統合企業財團都會成為奧菲莉亞的敵人。不論奧菲莉亞的力量多強，終究局限於個人。不會完全束手無策。

「那麼為何尤莉絲對我置之不理——妳是不是這樣想？」

宛如看穿紗夜的想法，奧菲莉亞開口。

她直接一揮《霸潰血鐮》，便再度出現大量重力球。

「答案很簡單。因為早就分出勝負了。」

「咦……？」

紗夜以兩顆手榴彈擋住直撲而來的重力球。現在還剩下三顆。

「合適的組織採取合適的手段，本來的確可以輕易阻止我。不論施加壓力、暗殺，或是派統合企業財團直轄的精銳部隊，都有可能強硬制伏我。但這些都是天方夜譚。」

「天方夜譚……？」

「他們已經耗費漫長時間，到處布下合作的暗樁。妳應該知道吧？有純星煌式武裝具備干涉精神的能力。不論星獵警備隊，六花議會，以及六間統合企業財團，都有他們的暗樁。當然，暗樁不見得會完全聽命行事，而且地位肯定不高。如果有什麼動靜，暗樁肯定不足以阻止。可是……卻能向他們通風報信。」

說到這裡，奧菲莉亞輕輕放下《霸潰血鐮》，停止攻擊。

「一旦他們得知任何人對金枝篇同盟，或是對我採取行動，多半會立刻執行計畫。最理想的執行時機似乎是《王龍星武祭》決賽結束後，但是並非絕對。不論是今天或明天，甚至是昨天，一星期前，或是一年之前，他們隨時都能啟動計畫。只要命令我執行即可。」

這句話聽得紗夜愕然無語。

原來『已經分出勝負』是這麼一回事。

換句話說，絕對不能對外透露奧菲莉亞的目的。否則這件事本身就會變成大規模恐怖行動的導火線。

如此一來，就能理解為何尤莉絲下定決心獨自承擔。應該說她也沒有其他選擇。真要說的話，其實也可以獨自逃離，但是無法想像尤莉絲會這麼做。

（原來尤莉絲一個人背負這麼重大的祕密啊……）

當場聽到的事實如此沉重，連紗夜都快承受不住。不，即使不是紗夜，也沒多少人能扛得起攸關上百萬人性命的祕密吧。

「！」

這時候，數量遠超過剛才的瘴氣手臂一口氣撲向紗夜。

紗夜立刻丟出兩顆所剩無幾的煌型手榴彈，卻無法完全擋住。連最後一顆都丟出後，勉強才熬過。現在身上沒有手榴彈了。

總之先暫時拉開距離——

如此心想的紗夜，準備提升推進器的功率。結果身體突然被壓在地面上。

「嗚、唔……!?」

（這是《霸潰血鐮》的……！）

仔細一瞧，奧菲莉亞手中的《霸潰血鐮》發出詭異的紫色光芒。

《霸潰血鐮》的能力是增加目標區域的重力。由於必須指定座標，面對這次像紗夜一樣左閃右躲的對象，本來應該難以見效。

紗夜以手臂在地上爬行，試圖脫離能力的效果範圍。但是奧菲莉亞開口。

「沒用的。除了我身邊以外，全都在效果範圍內。」

「……」

以前的《霸潰血鐮》使用者依蕾奈・兀兒塞絲在失控狀態下才使得出來。但是奧菲莉亞卻用得輕描淡寫。

不過與一臉不在乎、開口的奧菲莉亞呈現對比，從《霸潰血鐮》發出低沉的刺耳聲響，彷彿痛苦掙扎的怨嘆。

「好，這下妳滿足了吧?現在妳和妳朋友尤莉絲共享相同的祕密了。」

奧菲莉亞俯瞰紗夜，同時以灰暗的聲音開口。

「不過放心吧。妳不會再進一步煩惱了。」

只見她腳邊冒出一隻又一隻死者的手臂，簡直像從地獄伸出來一樣。

「以妳的星辰力多寡……這樣的毒性應該足夠了吧？下一次妳睜開眼睛後，一切都已經太遲了。當然也有可能再也醒不來，不過屆時——也是妳的命運，沒辦法。」

聽到這句話，紗夜立刻發現。

以前綾斗在萊澤塔尼亞與奧菲莉亞對戰時，曾經中過毒——會對星辰力起作用，讓人強制陷入星辰力中斷的狀態。記得如果星辰力總量愈多，毒性的效果也愈強。

那就沒有時間猶豫了。

「唔、嗚……！」

紗夜勉強使用疼痛的右手，貼著地面強硬掏出發動體。

巨大砲身隨即出現，並且直接陷入地面，但紗夜不以為意。向以羅伯斯遷移方式連結的核心注入自己所有——但是勉強控制在不會爆炸的臨界點之內——的星辰力。

「三十八式煌型榴彈砲，赫涅克萊姆——火力全開！」

紗夜扣下扳機的同時，奧菲莉亞的瘴氣手臂全部撲向紗夜。

伴隨爆炸聲發射的光彈，幾乎沒有瞄準就發射出去。但依然命中了奧菲莉亞。

爆風與衝擊波比煌型手榴彈更強。

但是等煙霧消散後，只見奧菲莉亞伸出左手，悠哉站在原地。

（一隻左手就擋住那一砲直擊了嗎……）

而且僅用星辰力防禦。

她的防禦力比起蕾娜媞的裝甲也絲毫不遜色。

在迅速模糊的意識中，紗夜回瞪俯瞰自己的深紅色雙眸。

眼眸中的確出現悲傷與放棄以外的情感。

＊

『準決賽第二回合，勝負揭曉！贏得決賽門票的人果然符合大致預測，是奧菲莉亞・蘭朵露芬選手！哎呀，話說比賽過程真是奇妙呢。請札哈露拉小姐再次為我們解說吧。』

『嗯，沙沙宮紗夜似乎從一開始就沒想過贏得比賽。第一──』

在通往選手休息室的陰暗走廊上，尤莉絲獨自背靠牆壁，注視比賽過程。看完後輕輕嘆了一口氣，隨即關閉空間視窗。

其實一開始就知道結果。

但紗夜依然表示想嘗試看看，才會挑戰奧菲莉亞。

尤莉絲不知道她究竟有沒有成功。但是可以看出，中途奧菲莉亞的模樣與平時不一樣。代表紗夜某種程度上可能成功了。

「那小丫頭的嘗試真是奇妙哪。」

從通道彼端現身的女童──范星露哈哈笑著說。

「……原來妳早就來了嗎？」

「那當然。噢，妳的比賽相當精采哪，竟然能壓倒《叢雲》。當然被迫使用王牌相當的傷哪。」

「沒辦法，不靠月華美人是贏不了綾斗的──話說奇妙的嘗試是什麼意思？難道妳知道紗夜在那場比賽中做了什麼？」

對於尤莉絲的問題，星露簡單地點頭示意。

「老娘讀了她們的唇語。她在迎戰那個假貨的時候，似乎試圖對話哪。」

「對話……？比賽途中，她向奧菲莉亞對話？」

「哈哈哈！該說她個性堅毅，還是冒失莽撞呢，真不愧是妳的同伴哪。」

星露開懷大笑，但尤莉絲很清楚，這麼做究竟有多魯莽。

奧菲莉亞幾乎不曾在比賽中耗費多餘的時間。不論是強者或弱到有剩，她都會全力輾壓對手。

一般而言，根本不可能與奧菲莉亞對話。

可是看她的模樣……

「妳知道她們究竟在說什麼嗎？」

「哎，老娘哪有那麼神通廣大。比賽一開始，雙方就在舞臺上遊走，強如老娘也不容易跟上哪。尤其那丫頭的比賽中發生許多次爆炸，遮住了視線。不過啊……可能與那幫人的不良企圖有關吧。」

「！」

尤莉絲忍不住瞪向星露。

「——妳該不會早就知道這一切了吧？」

即使曾經受過星露照顧，欠她一個人情。但她如果早就知情，就不能原諒她。

「哦，真是殺氣騰騰。看來妳也可以獨當一面了哪。」

另一方面，星露毫不在意尤莉絲的視線，滿足地笑著。

「哎，別這樣瞪人哪。老娘的確認識那些人，他們也拉攏過老娘。但老娘可沒和他們狼狽為奸。況且老娘知道的是很久以前的計畫……據說他們想再度引發《落星雨》。那只不過是天方夜譚罷了。」

意思是當年遙姊粉碎的計畫嗎？

「老娘也不知道他們如今偷偷摸摸想做什麼。但如果類似以前的計畫，那肯定不是什麼好事。」

「……」

尤莉絲緊盯著星露的眼睛，但不久後放鬆戒備。

她似乎沒有說謊。

「知道了，我相信妳。但如果是這樣……我想問妳一個問題。」

「什麼問題？」

「憑妳的話，應該可以粉碎那些人的什麼計畫吧？」

對尤莉絲──或是對綾斗等人與星獵警備隊，甚至是統合企業財團而言可能很困難。但是憑《萬有天羅》范星露的話，或許有機會？

「也許吧。雖然對老娘而言也不容易，卻並非不可能。」

「那麼……！」

「但是很可惜，老娘辦不到。」

星露很乾脆地拒絕。

「老娘不受任何束縛。不論是人制定的法律，還是統合企業財團。一旦老娘下定決心，沒有任何人能阻止。老娘唯一遵從的，是自己制定的法則。」

「換句話說……是約束妳自己的規則嗎？」

「正是。」

這句話一點都不適合旁若無人、自由不羈的她，不過星露卻用力點點頭。

「其中之一就是『不干涉大局』。老娘不會出手干預左右這個世界、這個時代的事物。他們的計畫正好屬於這個範疇。只有真正活在當下的人，才有資格決定世界的樣貌。像老娘這種超脫世俗之理的人不該插手。」

說到這裡，平時的稚氣從星露臉上消失，她看起來有些超然脫俗。

「老娘不喜歡鬥爭，早已對戰鬥厭煩透頂。如果老娘打破禁忌，勢必會引發腥風血雨。老娘已經不想再涉足江湖了。」

「即使不出手就會上演腥風血雨，妳也不管？」

「正是，問題不在於結果，事出必有因。應該由活在相同時代的妳們負責承擔。」

「以前妳說過，妳喜歡六花這座都市。難道即使失去這座城市，妳也打算袖手旁觀？」

「沒錯，老娘的確很喜歡這裡，卻不足以成為打破禁忌的原因。畢竟老娘最重視的是自己，因此老娘不會違反自己制定的約束。」

星露的回答始終不動搖。

「知道了。那我問妳最後一個問題。」

尤莉絲吁了一口氣，然後筆直注視星露的眼睛並開口。

「即使妳的門徒會喪命，妳也袖手旁觀？」

出乎意料的是，這時星露臉上居然浮現笑容。

不是平常天真無邪的笑容，也不是享受戰鬥時心情興奮的笑容。而是微笑中帶有空虛的寂寥，某種程度上接近奧菲莉亞。

「……妳不明白。老娘以前失去多少人，見識過多少生離死別。不論心愛的對象，該回去的地方，安心的時間……對老娘而言只是剎那間的火花。因此答案都一樣。」

星露回望尤莉絲的眼眸，同時靜靜地點頭。

「──沒錯。」

簡短的回答背後，尤莉絲感受到非比尋常的絕對孤獨。並且再度實際感受到，面前的女童早就脫離紅塵，自外於世界。不論實力有多強，這種寂寞原本並非常人能忍受。

「是嗎？算了，無妨。事到如今，我也不打算再仰賴他人。」

說完，尤莉絲轉身背對星露。

這不是逞強，只是不想後悔而已。萬一屆時自己沒選擇的道路才是正確答案。

在尤莉絲邁開腳步時，身後傳來聲音。

「等等，尤莉絲。」

「什麼事？」

回頭的同時，星露不知從何處取出綁著紅線的葫蘆，丟向自己。

「拿去吧。算是陪老娘聽無聊話題的賠禮。」

「這是什麼？」

「這叫藥金湯，屬於仙藥的一種。其實也沒多神奇，只是會隨興贈送給門徒而已。」

星露完全恢復平時的表情，微微一笑。

「不過能多少恢復妳失去的星辰力。其實原本只是聊勝於無，不過一如其名，內含水氣與金氣。如今妳體內火氣紊亂，順利的話或許能透過相生相剋調整氣的循環。如此也能加速星辰力恢復。」

「……那我就收下了。」

即使聊勝於無，都對現在的自己很有幫助。

「那老娘就期待明天的決賽吧。期待妳能展現最棒的身手，讓觀戰的老娘看得熱血沸騰哪。然後——也期待妳的勝利。」

「……」

尤莉絲並未回答，而是留下星露後邁開腳步，同時略為舉起左手。

學戰都市
ASTERISK

第二章　孤毒與惡辣

一切都發生在一瞬間。

至少在這一側的世界是這樣。

——日內瓦，萬應素加速器實驗設施。

《大博士》希兒妲．珍．羅蘭茲以前做過好幾次這種實驗。如今與機器連結的奧菲莉亞，窺見了影像。

僅有精神透過貫穿奧菲莉亞體內的『孔穴』，與其連結。

不知不覺中，奧菲莉亞的意識俯瞰著巨大的藍色行星。宛如突然被拋到外太空——準確來說是大氣層最外圈的散逸層。

身體也沒有感覺，無法以視覺確認自己的身體。

只有意識處於該處。

可能由於一片混亂，奧菲莉亞花了一點時間才發現眼下的行星就是地球。不，即使不感到困惑，奧菲莉亞也不見得能立刻發現這是地球。因為這與她所知的地球外觀有許多不一樣。不論大陸，或是海洋，看起來相似卻不同。

但是奧菲莉亞在朦朧中，依然終於明白這顆行星是地球。

突然有種巨大的事物接觸奧菲莉亞的意識。

這一瞬間，奧菲莉亞的意識化為粉碎。因為彼此的存在差距過於巨大。那是沒有實體，人類無法認知的龐大情報團塊。光是存在於該處就足以扭曲空間，壓倒性力量的集合體——簡單來說，就是神明。

隨著意識消散，奧菲莉亞原本要從這個世界消滅。但在消滅之前，神明輕易復原了奧菲莉亞的精神。但是與原本不完全一樣（可能對神明而言過於瑣碎吧，無法徹底復原吧）。

奧菲莉亞不知道神明為何這麼做。

因為神明過於巨大，超越了人類的認知。

不只是語言，連思考體系都不一樣。

可是透過與神明接觸，奧菲莉亞隱約理解了這個世界。或許該說被迫理解。

這個世界叫做那一側。

充滿萬應素的太陽系。

神明確實存在於那個世界。

那一側的世界與原本世界的歷史完全不一樣，每顆行星都存在一尊神明。神明在勢力範圍內具備絕對的權能，堪稱全知全能也不為過。該世界連地球以外的行星都有許多居民，即使環境完全不適合人類居住。而這都依靠神明的力量達成的。

神明會保護眾人，卻也會輕易奪取許多人的性命。有時候是巨大的天災，有時候則是直接的神罰。該世界的居民與奧菲莉亞一樣，不明白神明的行徑。他們擁有類似落星工學的高度技術文明，甚至能往來行星之間，但依然無法與神明溝通意識。

正因如此，人們認為這是命運，並且接受。

不論多麼不合理，不論多麼悲慘，都只能心甘情願接受絕對者的安排。

——這種徹底放棄的思想美得讓人厭惡。

（命運……）

奧菲莉亞修復成扭曲樣貌的精神，湧現未知的感慨。

下一瞬間，奧菲莉亞的意識便回到這一側的世界。

隔天，奧菲莉亞便被移送至位於萊澤塔尼亞的聖母之索研究所。

從這一天開始，每一天對奧菲莉亞而言都是地獄。

「啊啊啊啊啊啊啊啊啊啊啊啊啊啊啊啊啊啊啊啊啊啊啊啊啊啊啊啊啊啊啊啊啊啊啊！」

喉嚨發出撕心裂肺的尖叫聲，嘴裡冒出帶血的泡沫。被固定在觀測儀器上，四肢在掙扎下宛如要斷裂。但是在一層又一層綁住的特製束帶下，完全動彈不得。

因為流竄全身的劇痛，正從頭開始重組奧菲莉亞的身體。從普通人變成《星脈世代》的身體。從肌肉到骨骼，甚至神經系統，堪稱每一個細胞都變成不同的生物。

在注射的藥物下，奧菲莉亞既無法量厥，也睡不著覺，只能忍耐撕裂身體般的劇痛。

希兒妲在強化玻璃的另一側，燦爛的眼神充滿好奇心與興奮。她露出惡魔般的笑容，仔細注視奧菲莉亞。

這種日子持續了好幾天，甚至好幾週。

——不過對奧菲莉亞而言，疼痛不是地獄的原因。

是因為奧菲莉亞體內產生的『力量』太可怕，而且每一天都不斷膨脹。相較於這種恐怖，撕裂身體的劇痛根本不算什麼。

『力量』是目前與那一側世界連結的證明，原本不該帶到這個世界來。那是神明力量的碎片，強大，冷酷，而且輾壓一切。力量的鳳毛麟角依照使用方式不同，或許能成就大事。可是一個不小心，勢必會帶來無可挽回的不幸與毀滅。

自己不需要，也不想要這種東西。

奧菲莉亞承受的事物遠遠超過她自身。其實她的人生中只要有一朵花就已足夠。這股力量卻與她的願望完全相反。

其實很想立刻放棄這股力量。

如果無法實現，乾脆——

現在回想起來，或許是這種想法化為現實。奧菲莉亞身為《魔女》的能力才會變成毒素。

那就是自盡的願望。

當然她的願望並未實現。

自從奧菲莉亞被送回研究所，過了將近兩個月。最後成為《星脈世代》與《魔女》，重獲新生。

原本栗色的秀髮變成純白，雙眸變得像紅玉一樣鮮紅。獲得前所未有的強大力量後，奧菲莉亞又長時間淪為希兒妲的實驗白老鼠。

「咿嘻嘻嘻嘻！今天來測量高濃度萬應素的連結速度與轉換速度，還有星辰力的消耗率吧！」

「要測量控制星辰力的精確度囉！啊，還得確認轉化的毒素多樣性，以及強度變化的柔軟性才行！雖然有點落伍，乾脆順便收集半數致死量的個別數據算了！先多訂一些明天就會送來的實驗動物吧！咿嘻嘻嘻嘻！」

「原來如此，原來如此。有這麼大量的星辰力，肉身的強度可以提高這麼多……真是不得了！意思是使用普通萬應礦的煌式武裝，理論上無法傷害到妳呢！那麼我也將功率提升到極限吧……哦，還是會撕裂嗎。哎，大型壓縮機集中加壓一點的話，總會這樣吧。嗯，不用管她繼續進行。放心吧，我們的治療能力者非常優秀！不論一隻兩隻，甚至三隻手臂都有辦法接回去！」

「嗯……精神層面實在很不穩定呢。即使是如此強大的《魔女》，依然免不了能力大幅受到精神狀態影響嗎？不過應該在能靠藥物控制的範圍內吧。來，繼續實驗囉！今天要測量能力的抗性範圍，以及對既有的毒物是否也具備泛用性！」

「好啦，今天啊——」

「咿嘻嘻嘻嘻！」

…………

………

……

希兒妲的實驗沒完沒了。

可以說，這些實驗的日子催熟了現在奧菲莉亞的精神。那個世界的神明讓奧菲莉亞的心中產生悲傷與放棄的念頭。然後希兒妲培育，透過奧菲莉亞體內膨脹的『力量』而完成。

命運。

這並非冥冥中註定的事物。至少奧菲莉亞不是這樣定義。

對奧菲莉亞而言，命運是由更龐大的力量決定的事物。

弱小的命運只能屈從。

達到這種境界後，奧菲莉亞的精神終於找到某種平衡。

如果稱呼這種缺陷為平衡的話。

客觀而言，希兒妲一直小心翼翼地做實驗。

面對最棒的實驗對象，希兒妲興奮不已，充滿熱情，心情昂揚。乍看之下她反覆一時興起的實驗，或是想到什麼就改什麼。但她絲毫不敢小看奧菲莉亞的力量。

她將奧菲莉亞幽禁在有好幾層隔牆的研究所最深處。奧菲莉亞身邊的牆壁、地板，以及所有器材都有防腐蝕處理，而且每隔一段時間就更新。包括希兒妲自己的研究人員都以遙控做實驗，避免與奧菲莉亞直接接觸。研究所還有二十四小時監視，如果有必要的話，花錢毫不手軟。

希兒妲犯的唯一錯誤，就是想測量奧菲莉亞的力量極限。這對研究人員而言很正常，如果不知道能力的下限與上限，就無法繼續研究。

不過唯有在這時候，這是一步壞棋。

——因為奧菲莉亞的力量沒有極限。

結果奧菲莉亞的力量因此失控。

奧菲莉亞體內開啟的孔穴，提供了無限的萬應素。她將其轉換成星辰力後，再將身邊的萬應素轉變成地球上不存在的毒素。未知的毒素輕易融化了四周的器材、牆壁與隔牆，更以可怕的速度侵蝕。

不過之前的萬全防護，依然勉強為希兒妲等人爭取到逃跑的時間。如果希兒妲有絲毫輕視奧菲莉亞的力量，或是有哪裡不小心，她的命運也會就此結束。

奧菲莉亞的毒素毀滅了研究所，光是餘波就讓附近的樹木枯萎，土壤也逐漸受到腐蝕。

等她回過神來，四周已經宛如地獄。所有生命徹底死絕，甚至所有無機物都無法維持外型而融化。惡臭與瘴氣充滿了四周。

力量失控導致奧菲莉亞極度衰弱，無力地頹坐在原地。偶然，她看見一朵可愛的白花。在某種奇蹟下，這朵綻放的白花受到融化崩塌的研究所牆壁保護。奧菲莉亞忍不住向白花伸手。

但是在奧菲莉亞的手指即將接觸前，小小的白花轉眼就枯萎，化為塵土隨風消散。

＊

《惡辣之王》狄路克・艾貝爾范被陽雪買下後不久，便與《瓦爾妲＝瓦歐斯》第一次接觸。

當時狄路克在《研究所》的成績受人青睞。年紀輕輕就獲得提拔，成為陽雪軍事部門的參謀，負責制定作戰與運用一部分部隊。當然這些工作在狄路克的生涯中，只不過是踏腳石。非《星脈世代》卻極為優秀的狄路克，將來肯定是幹部候選人。

某一天，狄路克回到宿舍寢室，發現面前站著穿西裝的中年男子。

「……你是誰啊。」

狄路克口氣惡劣地質問。中年男子站在除了床鋪以外空無一物的房間中央，平淡地回答。

「《瓦爾妲＝瓦歐斯》。」

「不認識。」

對方的外表很普通，可是散發的氣氛不像是陽雪的人。不，狄路克甚至分不出他究竟是不是人類。狄路克的武器之一就是敏銳的嗅覺與觀察眼力，能看穿對方的才能與器量。可是在此人身上卻完全無法發揮。

因為眼前的男人——瓦爾妲，完全無法與以前遇過的任何人比較。

能躲過宿舍的保全來到此地，代表對方的實力非同小可。狄路克是普通人，無法對抗強大的《星脈世代》。

但他如果要對狄路克不利，應該早就動手了。

這麼一來。

「有什麼事？」

「我是來拉攏你的。」

「拉攏？」

狄路克哼了一聲，沒理會瓦爾妲，坐在床上。

「你不是恨透了世間的一切？」

「……聽你的口氣似乎看透了老子我啊。你究竟知道我多少？」

「當然知道。因為我就是這樣。」

這句話聽得狄路克皺眉，但他隨即發覺。

「《魔術師》……不，不對。是純星煌式武裝嗎？」

「竟然能看穿，你的確很優秀。」

瓦爾妲說著，拉開襯衫的胸口。

只見胸前掛著詭異的機械巨大首飾。

據說純星煌式武裝有自己的意識。這麼一來，純星煌式武裝會獨立行動並不足為奇。至於相不相信又是另一回事。

「哦……原來那才是你的本體嗎？然後呢？你剛才說要拉攏老子我，你要我做什麼？」

狄路克略為產生了興趣。

「我們正在推動改變世界的計畫，可是人手不夠。我們需要有能力的人才——要明白人心的細微變化，並且擅長操縱。」

「改變世界的計畫啊……具體內容是？」

「再次引發《落星雨》。」

「啊？」

狄路克以為瓦爾妲在開玩笑或說胡話，但他似乎是認真的。

「如此一來，勢必不容分說地改變世界。」

「是沒錯……」

《落星雨》是前所未有的重大災害，七天七夜持續有隕石墜落——人類在難以想像的困境中掙扎，最後成功復興，重建現在的世界。如果再引發相同的災害，世界肯定會陷入一片大混亂。統合企業財團也有可能淹沒在混亂中。

「怎麼樣？想不想幫助我們？」

「……為什麼要這麼做？」

「你痛恨這個世界的一切。所以如果有破壞整個世界的計畫，照理說你會加入吧？」

瓦爾妲說得理所當然。

「你似乎誤會了。老子我的確討厭世界上存在的一切事物。可是我不想消滅這一切。」

狄路克瞪著瓦爾妲的表情，以低沉又充滿怒意的聲音開口。

「——老子我只是不想輸給我討厭的對象。」

沒錯，就這麼簡單。甚至不是想贏過對方。

不想輸。這是狄路克活在這個世界的唯一意義。

自己討厭連長相都不記得的父母。討厭塑造如今自己的《研究所》，以及研究人員。討厭將世界當成囊中物，恣意差遣的統合企業財團。討厭發現全新可能性的《星脈世代》。討厭仗著老舊價值觀，坐享其成的普通人。討厭驕傲自滿的勝利者。討厭悽慘丟臉的落敗者。討厭誤判自己的實力，盲目亂衝的傻蛋。討厭只會逢迎拍馬，諂媚討好的蠢貨。討厭派不上用場的無能之徒。討厭輕蔑他人的溫柔。討厭只會傷害他人的嚴厲。討厭濃情蜜意的情愛。討厭動物、植物、美麗的風景、色彩、自然活動。討厭味如嚼蠟的餐點，只會做惡夢的睡眠。討厭可恨的過去，受到詛咒的未來。討厭男人、女人、大人、小孩與老人，甚至討厭自己。狄路克討厭這個世界上的一切。

所有事物都一樣煩人，狄路克全都討厭。

「原來如此。那麼是我誤判了嗎？」

瓦爾妲以毫無情感的聲音嘀咕。

「不，雖然很不爽，但你找對了人。」

「哦？」

「老子我就聽聽你怎麼說。你可得憑三寸不爛之舌啊，純星煌式武裝。」

——於是狄路克加入瓦爾妲等人的計畫。

再度引發《落星雨》的計畫，聽起來實在難以置信。不過狄路克加入的時候，計畫已經進入最終階段。狄路克只收到瓦爾妲所提供，執行計畫的必要情報而已。狄路克的任務是檢討與改善。

他們的計畫有些部分精緻得嚇人，也有些部分粗糙到讓人錯愕。狄路克過了一段時間才發現。推動這項計畫的人實在不懂人心，甚至到了難以置信的程度。應該說對人心沒興趣，既不關心也不理解。

狄路克這才明白，為何他們會拉攏自己。並且利用自己的能力，逐一修正不周的部分。人在什麼情況下會行動，會屈服，會放棄，對狄路克而言都是自明之理。

即使狄路克從未在計畫現場露面，但可能工作態度受到認同，或是對比對方稍微信任自己，在計畫即將執行的前一刻，狄路克終於與主謀碰面。

計畫的核心人物是名叫艾克納托的少年，和瓦爾妲一樣不是人類。他是另一側的訪客，龐大力量的碎片。萬應礦是萬應素的結晶體，如果《瓦爾妲＝瓦歐斯》是高純度結晶，那麼艾克納托就是更純粹的事物。他不需要外殼或結構，亦即不需要藉助人類的手就能活動。堪稱終極的萬應精晶。借用瓦爾妲的說法，他是「從萬應素還原的神明終端」。

另一人是馬迪亞斯．梅薩。他曾經稱霸《鳳凰星武祭》，目前還擔任《星武祭》的營運委員。狄路克一眼就看出自己討厭這個人。當然世界上不存在狄路克看得順眼的事物，但他特別討厭馬迪亞斯。雖然他臉上掛著和藹可親的笑容，內心卻熊熊燃燒著憤怒的劫火。

可是之後計畫立刻受挫。

阻礙者不是別人，就是天霧遙。

艾克納托就此消失。馬迪亞斯等人也必須從頭擬訂不同的計畫。

——就在這時候。

這一天，狄路克人在萊澤塔尼亞純屬偶然。狄路克率領的部隊已經完成其他作戰任務，正在萊澤塔尼亞的基地待命。這時候收到命令，監視並調查聖母之所的研究所。該研究所最近似乎大幅提升保全等級，還配置了大量警衛用擬形體與軍用自動武器。

由於沒有直接增加警衛人員，多半在研究高度機密的實驗。統合企業財團在萊澤塔尼亞享有完全的治外法權，可以恣意妄為。狄路克推測多半不是正經實驗，但既然是命令，就得公事公辦。當狄路克在研究所四周部署人員監視，開始收集情報時，發生了事件。

「——你說什麼？」

『就說了，毀滅！毀滅了！研究所毀滅了……！已經確認撤離用的直升機，研究人員似乎已經撤退！……咿!?怎、怎麼會……難以置信！怪、怪物啊！嗚哇啊啊啊啊啊啊啊啊啊啊！』

斷斷續續的聲音通訊傳來明顯混亂的男性聲音，以及槍響。不久後突然中斷。

由於不是什麼重要任務，才安排新人負責監視，似乎產生了反效果。安排在其他地點的隊員也失聯，設置的計數器資料同樣完全中斷。

在指揮車內扠著手的狄路克，立刻動腦思考。

如果報告屬實，代表研究所已經毀滅，研究人員也早已撤離。研究人員肯定撤到萊澤塔尼亞境內的聖母之索基地。不論從聖母之索派遣救援或調查部隊，應該都要一點時間。

而且報告最後的一段話，特別引起狄路克注意。

「現在還能搶先一步嗎……」

狄路克立刻兵分二路，派一隊人調查研究所，剩下的人封鎖周圍並警戒。自己同樣是能在萊澤塔尼亞內發揮強權的勢力，雖然是獨斷獨行，但是打著救援行動的名義，別人也不好說什麼。

根據先行派遣的無人小型偵察機傳來的影像，研究所的確已經全毀。但是影像立刻一片混亂，隨後中斷。看來似乎是周圍的萬應素暫時變得稀薄而受影響。如此一來，新人多半也因為這樣才會報告中斷。

考慮到可能是生化危機，狄路克吩咐調查隊員穿戴專用裝備。並且讓他們攜帶不使用落星工學零件的舊款無線對講機。

過了一段時間後，隊員接連報告以儀器測量的空氣成分等資料，最後。

『——有一名女性站在該處。』

派去調查的隊員與剛才的新人不一樣，個個身經百戰。但還是聽出他們的聲音深處難掩困惑。

「女性？這是什麼意思？」

『這……』

聽到莫名其妙的報告，狄路克咂了一聲舌，隨即吩咐指揮車出動。

狄路克原本不擅於親臨現場。畢竟他和部隊隊員不一樣，只是普通人。不僅沒受過什麼戰鬥訓練，體能也很差。

不過這一次，他無論如何都想親眼確認。他也不知道原因，只不過直覺應該這麼做。狄路克會基於邏輯思考事情，卻也知道這種直覺的重要性。人不是機器，情緒會毫無由來地迫使人採取行動。如果不明白這一點，根本無法操縱他人。

狄路克抵達現場後，隊員們隔著面具露出驚訝的眼神。但依然默默地讓路。現場一股刺鼻的異臭，一切都腐爛融化，宛如地獄一般。一如報告，一名少女的確站在中心。這一瞬間，狄路克全身寒毛倒豎，冷汗滑落額頭。

原來如此，新人的報告沒有說謊。

毫無疑問，她是怪物。

隊員們一直舉槍包圍少女，但狄路克舉起一隻手，叫眾人放下槍。

「可是……」

「別管那麼多，都退下。你們應該知道，她如果動了殺心，我們早就全滅了。」

「……！」

該隊員對狄路克的措辭露出幾分不悅，但隨即遵命放下槍口，後退幾步。

「──喲。」

狄路克開口一喊，少女便緩緩以深紅色雙眸注視。她的眼神透露深沉的死心與悲傷，狄路克以前從未見過。

「妳是什麼人？」

「我……？我是……奧菲莉亞。奧菲莉亞・蘭朵露芬。」

她的聲音很平淡，卻充滿寂寞。

「這副慘狀是妳造成的嗎？」

「……嗯，是吧。雖然我不太記得，但肯定是這樣。」

奧菲莉亞緩緩環顧四周，同時嘆了一口氣表示。她似乎非常疲倦，彷彿即將暈倒。

「啊……剛才那些人也是你的同伴嗎……？因為他們突然攻擊，我才會不小心……他們應該還活著吧。」

「哼，那種小事不重要。話說從妳剛才的語氣，這副慘況似乎非妳所願吧。」

「……我沒有什麼願望。」

「哦？」

狄路克瞇起眼睛。

這說不定是千載難逢的機會。

「也對……這應該就是我的命運吧。」

「哼，命運嗎？」

狄路克輕蔑地哼了一聲。

自己當然不相信什麼命運。放棄自行思考的笨蛋才會講這種蠢話。

不過。

「換句話說，妳只是服從命運而已嗎？」

「──」

這時候，奧菲莉亞第一次仔細注視狄路克。

剛才奧菲莉亞看著狄路克，卻等於視而不見。純粹只是反射性地回答問題。

不過現在卻不一樣。

「聽好，奧菲莉亞。老子我完全無法和妳共情，卻可以理解妳。妳想服從自己的命運吧？」

「服從自己的……命運……」

奧菲莉亞小聲低喃，重複狄路克的話。

「那就跟老子走。老子我會給妳服從命運的自由。」

狄路克緊緊瞪著她，同時開口。

「你……你的命運有這麼強大嗎？」

奧菲莉亞露出訝異的神情，宛如質問自己般嘀咕。隨後從她的腳邊噴出類似灰色的氣體，就像死者之手一樣逼近狄路克面前。

一旁的所有隊員立刻舉槍，但狄路克再度以單手制止眾人。

「老子我才不管，因為我根本不相信什麼命運。不過——」

狄路克猜想，多半碰到她就會沒命。因此瞪著她的指尖，不屑地表示。

「我會通通照單全收。不論妳口中的命運今後會奪去幾千幾萬，甚至幾百上千萬的性命，老子我依然認定那就是妳的命運。」

「！」

聽得奧菲莉亞睜大眼睛。

奧菲莉亞早就放棄了一切。死心斷念，拋棄所有事物，沉浸在悲傷中。任何人一眼就看得出來，在狄路克眼中更是易如反掌。

但奧菲莉亞也隱藏著可怕的力量。連天才鬼才雲集的《研究所》都沒有見過力量如此強大的《魔女》。不，即使是統合企業財團的最精銳部隊，都找不到能與她相提並論的強者。

奧菲莉亞多半還不知道如何與這股過於龐大的力量相處。眼前的慘況更能證明這一點。

而狄路克也發現，奧菲莉亞本質上忌諱這股她以命運稱之的力量。

那只要通通推卸給這股力量即可。

不論接下來發生什麼事，這股力量引發任何情況。都推說是奧菲莉亞的命運造成，並非奧菲莉亞的錯。

這種獨一無二的逃避方法，墮落又不負責任。

為了卸責的惡魔契約。

「……」

奧菲莉亞默默凝視了狄路克一段時間，不久後疲倦地閉起眼睛。

「好吧，那麼你究竟想怎麼做？」

——最後，奧菲莉亞選擇與惡魔握手。

「老子我要改變這個爛透的世界。妳先和我一起來到Asterisk。」

「Asterisk……？」

「妳的年紀看起來像國中生。再怎麼說也不可能超過二十歲吧？那就足夠了。」

從今年春季開始，狄路克已經確定要進入雷渥夫黑學院。

同時也內定要擔任學生會長。

最近雷渥夫完全無法領導校內與花街的勢力。雷渥夫的信條是曲解自由定義的奔放不羈，並由此衍生對個人力量的崇拜。但是陽雪也不願見到毫無秩序可言的雷渥夫。所以才會任命狄路克重整旗鼓。

「也對……如果這就是我的命運，那就這麼做吧。」

「嗯，只要有妳的力量，應該就能擬定全新的計畫。況且利用妳比借用學生會長的職位，以及陽雪的棋子快得多了。」

雷渥夫的學生會長有權任命排名第一。等會長任期屆滿，下屆會長將再度任命誰是排名第一。

「先打好基礎。之後老子我再安排妳和那些人見面。」

雖然嘴上這麼說，其實狄路克的腦海裡已經隱約想好了通盤計畫。

相較於上次的龐大計畫——再度引發《落星雨》——這次的計畫更為瑣碎，規模更小。不過總而言之，只要能達成目標即可。

憑藉奧菲莉亞與瓦爾妲的力量，絕非不可能成真。以馬迪亞斯與狄路克即將獲得的權力，可以充分做好事前準備。正好也能以 Asterisk 為舞臺。

畢竟狄路克也和多數人一樣，恨透了那座學園都市。

學戰都市ASTERISK

第三章　異色眼

「哦，終於有行動了嗎……？」

夜吹英士郎右手拿著夜視望遠鏡窺看，同時大嚼左手的飯糰。舔掉沾在手指上的飯粒，英士郎同時嘀咕。

目前已經過凌晨三點，這裡是環繞六花外圍的高架單軌鐵路上。四周一片漆黑，沒有月亮也沒有星光。英士郎聚精會神注視著一輛從雷渥夫黑學院駛出的黑頭車。從車種與車牌判斷，是學生會長專用車——亦即可以認定狄路克就在車上。雖然這個距離完全在遠見之術的範圍內，夜晚還是藉助機器的力量較輕鬆。

「好，這可能是最後的機會。該鼓起幹勁上啦。」

英士郎視線始終緊盯車輛，跳下高架鐵路追在後頭。只要對方別加速疾馳，《星脈世代》追上在馬路行駛的車輛並不難。幸好車輛駛進距離雷渥夫不遠的再開發區域，要跟蹤也很容易。混入夜色的英士郎跳過一座又一座廢墟，維持一定距離的同時追蹤車輛。

目前英士郎肩負克勞蒂雅賦予的任務。就是找出證據，證明狄路克屬於金枝篇同盟。最好能逮到他與目前消失的兩人接觸的現場。也就是《處刑刀》——馬迪亞斯・梅薩，以及《瓦爾妲＝瓦歐斯》。

不過狄路克非常小心謹慎，怎麼調查都揪不出狐狸尾巴。狄路克很少離開學園，就算外出，也得派原本擅長追蹤的人手，否則成功率很低。現在既無法指派其他影星特務，英士郎隻身一人的能力也有限。再加上黑貓機關的成員隨時在他身邊護衛。面對六學園中最強的特務機構，無論如何都必須小心謹慎。

因此之前英士郎沒有獲得具體成果。但他依然不屈不撓，靜待機會。

目前不知道金枝篇同盟在推行什麼計畫。但是計畫規模越大，照理說肯定需要面對面討論。畢竟至聖公會議的諜報網遍布六花。利用手機或通訊器對話不論多麼小心，都很難避免遭到竊聽。若是簡短的討論也就罷了，要是超過一定時間，甚至會被竊聽型純星煌式武裝《天命眼罩》逮到。即使是學生會長熱線，超過十分鐘的對話都有危險。

「哦……！」

黑頭車停在再開發區域的一角。這裡已經過了花街區，四周只有廢墟。英士郎不經意地搜尋，卻沒發現有人的動靜。

（怎麼回事……？）

英士郎從即將崩塌的廢棄大樓屋頂上，壓低氣息緊盯車輛。結果後座車門突然開啟。

《惡辣之王》狄路克・艾貝爾范跟著似乎是護衛的男子下車。狄路克下車後，與護衛男子交頭接耳一番，忽然視線犀利地望向英士郎。

（！難道露餡了嗎……!?）

驚訝的同時，英士郎正想搶先移動。結果一回頭——

「嗨，影星的。」

發現一名男子不知何時，站在沒有月光的黑暗中。

「——」

英士郎不由得啞口無言。

對忍者而言，壓低氣息比任何技術都優先。不論格鬥技或暗殺技，甚至是一族特有的忍術，都不是忍者的本質。忍者必須隱藏自己才叫忍者，英士郎在懂事之前，就一直在忍者的世界持續修行。這可是他的看家本領。

結果卻破了功。

「真是不得了，想不到我會這麼輕易被人趁虛而入啊。」

迅速縱身一跳拉開距離，同時英士郎苦笑。

「不不不，你不用這麼悲觀。因為我也沒辦法再靠近了，你真是不得了啊。」

男子以不合時宜的悠哉口氣微微一笑。

年紀大約二十歲多一點。一頭黯淡金髮，嘴邊有一點鬍子。容貌還算端正，卻一臉睡眼惺忪，散發出慵懶的氣氛——乍看之下是隨處可見的頹廢青年。

「話說你……是什麼人？你似乎知道我是誰。」

其實英士郎也曾被人趁虛而入。若是面對更厲害的忍者，像是英士郎的父親撫塵齋就有可能。

這次英士郎在就定位之前，已經確認過四周動靜。而且的確沒有發現任何人。

這麼一來，代表面前的男子可能與撫塵齋同等級，甚至更強。

「無名小卒不足掛齒。總之和你算是同行。」

嘴裡說著，男子同時從腰間的套子拔出發動體。

從他的口氣，果然是黑貓機關的特務。

「拜託，你怎麼臉上一點幹勁都沒有啊。《貓》不是每個人都必須血氣方剛嗎？」

英士郎也雙手握起苦無，同時謹慎地估量間距。

「不過這種情況……我該不會完全落入你們的陷阱了吧？」

「老兄，你這幾天一直在監視我們的老大吧？雖然很麻煩，老大也吩咐說別管你，可是你真的很礙眼。」

男子啟動鉤爪型煌式武裝，戴在左手上並開口。

（記得那是……《阿拉克妮的紗線》吧。）

這是屬於雷渥夫學院的純星煌式武裝，能從爪尖產生看不見的絲線。雖然不算強，可是很麻煩。

「哦，黑貓機關居然為了我一個人演這種戲啊，真是謝謝啦。那麼……你是金眼？還是銀眼？」

黑貓機關的特務大致分為兩類。銀眼主要在校內活動，金眼活動範圍是校外。在這裡的特務很可能是金眼，但聽說護衛也屬於銀眼的職務範圍。既然是保護狄路克，就無法無視這種可能。總而言之，一般認為金眼的戰鬥力較強。

當然英士郎不期待對方會回答。終究只是再度掌握四周的情況，以防有伏兵。並且要爭取時間，思考下一步該怎麼做。應該不會有哪個笨蛋會透露情報給對手。

不過。

「我？我兩者都是。」

「啊？」

「就說了，我同時隸屬金眼與銀眼。所以我忙得要死呢。那混蛋只要有任何麻煩事，就只會往我身上甩。」

男子厭煩地深深嘆了一口氣。

「……真的假的。」

他這麼乾脆回答也讓人驚訝。不過他的答案更讓英士郎的表情僵住。

「那麼……你就是現任的『異色眼』嗎？」

黑貓機關最優秀的特務，一人同時隸屬金眼與銀眼兩個部門。換句話說，他是Asterisk最強特務機關的現任最強情報員，綽號異色眼。

目前擁有此一稱號的人是——

「所以說，你就是那位《無貌》啊。」

這三人是雷渥夫最強鐵三角。另外兩人為《孤毒魔女》奧菲莉亞・蘭朵露芬，與《無賴漢》荒屋敷兵吾。他從以前就單靠別名轟動黑社會，但長相與名字不明。甚至有人懷疑他這名最強特務是否存在。

「哦，你還挺清楚的嘛？」

「拜託，幹這一行還不認識你的話，豈不是白混了？」

額頭冒冷汗的英士郎隨口開玩笑，內心卻抱頭大喊。

這簡直就是絕境。不僅任務完全失敗，中了對方引誘自己的陷阱。黑社會的最強特務甚至準備要自己的命。

老實說，英士郎對自己的本領也有自信。

以前曾經幹掉金眼七號，即使面對《貓》也不會輕易被趁虛而入。可是碰到《無貌》就很難說了。當然對方有可能吹牛，但自己可不是睜眼瞎子，看不出他的實力。不論他是不是《無貌》，可以確定他比英士郎強。

（看來只能三十六計，腳底抹什麼來著……）

如此決定的英士郎，正待緩緩後退一步的瞬間，突然感到背脊一股冷顫。

「……！」

英士郎反射性收回腳，觀察四周的情況。乍看之下沒有任何異狀，可是自己剛才已經犯了一次錯。視線依然緊盯眼前的《無貌》，同時英士郎提高警覺，增強五感，這才終於察覺異狀。

是聲音。

吹拂的風聲與平時不一樣。有非常細微的變化，而且普通人肯定聽不出來。

英士郎脫掉上衣——英士郎身上所有裝束都很容易穿脫——然後往後一丟。

飛舞在黑夜中的上衣沒有被風吹走，反而停在空中不動。簡直就像被某種東西抓住。

「……原來如此。怪不得你會陪我聊廢話，原來是趁機在四周布下看不見的絲線啊。」

《阿拉克妮的紗線》的功能始終是操縱黏性很強的透明絲線。這種純星煌式武裝完全不適合正面迎戰，因此很少有機會在《星武祭》中出現。其他學園都不清楚詳細資訊，英士郎也只知道能力，卻沒想到能這麼快啟動。

根據風的流向與聲音研判，英士郎的身後應該已經布下蛛網般的絲線。雖然絲線沒有直接纏繞在英士郎身上，但是一走神可就撞上去了。

純星煌式武裝產生的絲線很難以普通方式切斷。不過纏到一兩根的話，倒還可以解決。纏到衣服就脫掉衣服，即使碰到身體，只要量不多就可以削掉皮膚。這種武器要發揮最大效果，必須層層捆住，或是一次沾到大範圍而動彈不得才行。

這次《無貌》主動表明身分，暗中引誘英士郎撤退。畢竟英士郎原本的任務是跟蹤狄路克，掌握證據。如今任務確定失敗，現在與《無貌》交手沒有任何好處。一般而言，英士郎唯一的選擇就是逃跑。

這一切都在《無貌》的計算中，並且布下陷阱等英士郎跳。

「什麼啊，你的直覺還真是敏銳。真麻煩。」

右手使勁抓抓頭，同時《無貌》慵懶地表示。

在不到一口氣的瞬間內，英士郎猛然縮短距離。

（成功了……！）

這是夜吹一族擅長的趁虛強襲。

《無貌》再怎麼厲害，應該也很難應付應用空汐之術的這一擊。

可是。

「哎呀……！」

「！」

一瞬間之前《無貌》還在抓頭。但在混入夜色的漆黑苦無砍中他的喉嚨前，他的右手已經握緊火槍，而且槍口抵住了英士郎的側腹。

明明是英士郎先攻擊，《無貌》的動作卻比英士郎更快。換句話說，純粹是兩人的能力差距。英士郎對速度與眼力都有一定自信，卻連《無貌》拔槍都沒看到。

槍聲宛如尖銳的嘲笑。

漆黑的子彈貫穿英士郎的身體——同時他的全身化為大量樹葉散落。至少在《無貌》的眼中是這樣。

「哦，這就是葉隱之術嗎？我第一次見到夜吹一族的招式呢。」

《無貌》似乎佩服地揚起一邊眉毛。

「……拜託，我該從哪裡吐槽才好呢。真的，總覺得好像在做惡夢一樣。」

英士郎毫不掩飾僵硬的表情，回到剛才自己站立的位置。因為不知道別處哪裡有絲線。綾斗的『識』之境地好像能大致完整掌握周圍情況。但英士郎頂多只能靠風的流動與聲音預測。

不，現在更重要的是。

「呃，總之……可以請你解釋一下那玩意嗎？」

《無貌》的手中握著一支很古典的火槍型煌式武裝。

不，不對。那不是煌式武裝，而是純星煌式武裝。

「這個嗎？我還以為連你都知道呢，《小精靈獵槍》啊。」

《無貌》轉了一圈手中的武器──《小精靈獵槍》。

英士郎當然知道。這種純星煌式武裝無法破壞人體，卻能麻痺中彈對象，使其失去平衡。與《阿拉克妮的紗線》都是雷渥夫擁有的純星煌式武裝。可能因為使用代價較輕，在《星武祭》登場次數不少。

但是問題不在那裡。

運用純星煌式武裝有個大原則，就是一人使用一項。以前不是沒有人活用超過一項純星煌式武裝。但是僅限於放棄既有的，改用別的武裝。從未聽過有人一次適合兩項純星煌式武裝。

純星煌式武裝本來就對其他力量十分敏感。《魔女》與《魔術師》也因為這樣而與純星煌式武裝相沖，當然更與其他純星煌式武裝不相容。

可是眼前的例子卻打了臉。

（左手拿《阿拉克妮的紗線》，右手拿《小精靈獵槍》……？）

光是適合兩項純星煌式武裝就已經很扯了，而且《阿拉克妮的紗線》的能力尚未消失。換句話說，《無貌》在這種狀態下使用了《小精靈獵槍》。他並非單純分開使用兩種純星煌式武裝，而是同時啟動兩者的能力。

實在很難以置信。

（難以置信……可是現實擺在眼前，由不得我不信。）

英士郎立刻切換思考，輕輕一掰手腕。

突然颳起一陣強風，剛才變身之術撒落的無數落葉在空中飛舞。

轉眼間落葉便掛在空中。

被看不見的絲線纏住了。

（後面與上方都不行……不穿越他就無法逃跑嗎？）

依靠飛舞的落葉，英士郎大概掌握哪裡布下了絲線。一般而言，蜘蛛網會以樹枝或葉片為端點拉出形狀。《阿拉克妮的紗線》卻能在空無一物的空中形成基點，自由布網。這座廢棄大樓已經籠罩在巨蛋型的絲線中，只有《無貌》的身後沒有。不過很快就會被堵住吧。仔細一瞧，戴在《無貌》左手的鉤爪正細微地活動，代表依然在穩定布網。

時間流逝愈久，英士郎的選項就愈少。

「接下來換這一個。」

英士郎急得如熱鍋上的螞蟻。相較之下，悠哉站立的《無貌》改以左手拿《小精靈獵槍》，然後取出新的發動體。

「……《仄洛斯的鑾鐘》嗎？」

第三項純星煌式武裝，事到如今英士郎也不覺得驚訝了。不知道《無貌》用了什麼把戲，但能肯定他能同時使用好幾項純星煌式武裝。

象徵死者容貌的紅褐色鐘，彷彿隨時都會發出尖叫。它的性質類似葵恩薇兒女學園的露薩盧卡使用過的純星煌式武裝《極北天琴》。

亦即是以聲音攻擊。

威力不及《極北天琴》，但是《仄洛斯的鑾鐘》會發出三百六十度全方位的破碎音波，完全沒有破綻。和《阿拉克妮的紗線》與《小精靈獵槍》一樣威力不強，卻是很麻煩的純星煌式武裝。

「你到底……帶著幾項純星煌式武裝啊？」

「誰曉得，要不要猜猜看？」

《無貌》沒有回答英士郎，右手一搖。同時一陣地鳴般的低沉呻吟，震動四周的空氣。

「嗚……！」

宛如扭曲空間的音波撕裂英士郎的皮膚，擠壓骨頭。

但還不至於無法承受。《仄洛斯的鑾鐘》距離愈近，威力就愈強，距離愈遠則愈弱。目前雙方距離將近五公尺，破碎音波雖然屬於範圍攻擊，無從躲避，但這個距離還不會致命。

可是傷害依然會累積。如果動作太大，有可能被絲線纏住。但英士郎試圖再拉開一點距離，這時候。

「嗚哇……？」

世界突然扭曲，回過神之後，英士郎已經倒在地上。

即使想立刻站起來，卻腳步蹣跚，站也站不穩。

力量使得出來，手腳沒有問題。

「這是……」

平衡感覺麻痺——可能是《小精靈獵槍》的能力。

可是自己應該完全躲過了剛才的攻擊。

那為什麼——

「怎麼樣？《小精靈獵槍》與《仄洛斯的鑾鐘》很搭配吧？」

聽到《無貌》這句話，英士郎冷汗狂流。

難道。

再這麼說，這也太扯了。

「……竟、竟然合成了……純星煌式武裝的……能力……？」

他不只是帶著好幾項純星煌式武裝。

不只同時使用好幾項純星煌式武裝。

而是組合好幾項純星煌式武裝的能力。

換句話說，他將《仄洛斯的鑾鐘》與《小精靈獵槍》的能力加在一起。變成能暫時麻痺平衡感的音波攻擊。

「不會吧……」

英士郎忍不住脫口而出。

「雖然很想立刻給你最後一擊……不過很可惜，我目前沒有能遠距離攻擊的純星煌式武裝。」

說著，《無貌》將《仄洛斯的鑾鐘》恢復成發動體，然後掏出大口徑槍型煌式武裝啟動。

「雖然是普通的煌式武裝，但改造後提升不少威力。如果命中要害，應該會沒命吧。」

槍口對準英士郎，萬應礦跟著發亮。

「嗚、唔……！」

英士郎以手肘撐地，試圖勉強起身。可是視野搖晃不定，再度一頭栽倒。

這種狀態下根本無法躲避——那麼。

「拜拜啦。」

《無貌》扣下扳機，眼看高威力光彈即將命中。英士郎卻雙手一挺跳起來，直接在空中轉一圈落地。

「哦……」

「哇咧，好危險，好危險！」

即使還有一點暈，但英士郎以一隻手抵著頭再度調整，很快就不再感到暈眩。

「原來如此……對自己使用空汐之術啊。真是方便。」

將煌式武裝恢復成發動體的《無貌》，搓了搓下巴的鬍鬚表示。

（居然完全被識破了……話說他怎麼連空汐之術都知道啊！）

不過他說得沒錯。

空汐之術由夜吹一族代代相傳。當初設計的時候，世界上幾乎還不存在萬應素（嚴格來說是濃度極為稀薄）。只有繼承愈多夜吹血脈的人才能使用。效果有好幾種，不過主要是『干涉對象的精神與身體』。

但是空汐之術並非直接施加在目標身上。若是普通人也就罷了，《星脈世代》對干涉系能力的抵抗力都很強，所以直接作用的效果很差，這是常識。何況前面提過，設計空汐之術的時代萬應素還很微弱，不可能直接干涉他人。

因此空汐之術並非直接針對目標的精神或身體作用，而是利用人類與生俱來的本能或反射。比方說某種顏色、圖形，或是聲音、氣味。人會忌諱這些排列組合，下意識躲避。會反射性排除從根本上覺得不愉快的事物、詭異的感覺。空汐之術的原理就是向目標投射這些印象，從結果上控制對方的精神與動作。像是夜吹一族經常使用的驅人結界，說穿了也是這一招的應用。

空汐之術無法隨心所欲控制他人，卻能輕易讓攻擊偏離，或是閃躲慢半拍。對忍者而言，這樣就足夠了。

這次英士郎對自己使用空汐之術。無視麻痺的平衡感，強制驅動自己的身體。

「不過也只有我才使得出這樣的絕技啦！」

英士郎滿臉得意，搓著人中並面露微笑。

事實上，英士郎是以半逃亡的身分離開故里。但他對空汐之術的適應性極高，因此故里沒有追殺他，對他置之不理。其他忍術或身為忍者的技巧姑且不論。如果純論空汐之術的才能，他有自信比父親撫塵齋還強。

「話說回來……我一直懷疑你為何始終不肯縮短距離。原來你早就知道空汐之術了啊，這樣就解釋得通了。」

要除掉目標的最好方法，是以近戰武器攻擊頭或心臟。

可是《無貌》從一開始就沒有接近英士郎的打算。

他早就知道，靠空汐之術可以一擊逆轉比自己更強的對手，所以才會一直提高警戒吧。

「俗話不是說，君子不立危牆之下嗎？膽小一點能活比較久。」

英士郎也有同感。幹這一行如果不膽小，根本活不下去。

情報員之間的戰鬥可不像《星武祭》那種檯面上的表演。是絕招之間的碰撞，能力的相互較勁。與激烈交鋒數回合，彼此使出全力的戰鬥完全相反。最好趁對方渾然不知之下一擊搞定。即使辦不到，關鍵也在於不讓對手有機會施展。

一如現在《無貌》對英士郎的攻擊方式。

「既然這樣，要確實幹掉你的話，似乎需要進一步攻擊。其實我本來不太想用這招……不過沒辦法。」

《無貌》再次拿出發動體。

聽他的口氣，多半又是純星煌式武裝。

究竟是什麼——

「哇咧……」

一見到武裝，英士郎頓時表情扭曲。

《無貌》右手啟動是一支棍棒，前端以萬應精晶裝飾。

「——是《禍特＝無納》啊。」

英士郎惡狠狠地嘀咕武裝的名稱。

在雷渥夫黑學院擁有的純星煌式武裝中，這比《赤霞魔劍》還凶狠。號稱最凶最惡的純星煌式武裝。由拉迪斯勒夫．巴路托席克創造的這支棍棒，能力是『分解』。讓萬物化為灰燼的力量非常嚇人。

當然與廣為人知的惡名相反，其實這項武裝不太適合實戰。《禍特＝無納》會讓毆打的對象化為灰燼，但僅限於『最先碰到的物體』。如果隔著衣服打人，會先從布料分解。而且『分解』的能力有次數限制，似乎會耗盡，而且不像《潘＝朵拉》會在一定條件下恢復。一旦次數耗盡，《禍特＝無納》就只是一支難用的鈍器。

代價嚴苛，適合率門檻高，更重要的是太殘忍（畢竟連人體都會分解）。所以這項武裝僅在《星武祭》登場過一次。不過雷渥夫的頑童們靠這項純星煌式武裝，在黑社會創下許多惡名昭彰的事蹟。

「又拿出這麼危險的玩意……」

這項無法防禦的武器與四色魔劍的原理不一樣。但幸好攻擊範圍非常短。

況且使用《禍特＝無納》，就必須近身戰鬥。代表英士郎也有勝利的機會。

想到這裡，英士郎迅速重新思考。

（不，他剛才明明自認膽小，始終不肯靠近我。他會輕易推翻自己的原則嗎……？）

同時英士郎想到其他可能性。

——合成能力。

「！難道……！」

《無貌》以右手的《禍特＝無納》輕輕一敲戴在左手的《阿拉克妮的紗線》。

下一瞬間，兩人站立的廢棄大樓頓時分解，絲毫不留痕跡。

「慘了……！」

英士郎的身體墜落，卻在撞到地面前於空中靜止。

被看不見的絲線纏住了。

「……想不到你連大樓內都布滿了絲線啊……敗給你了。」

被絲線纏住，像躺在吊床內的英士郎向《無貌》開口。《無貌》站在英士郎頭頂幾公尺的絲線上，低頭看著他。

（雙腳、背後與左手纏得死死的，糟糕……勉強能動的只有頭和右手嗎……）

雖然英士郎冷靜地確認情況，但即使客觀而言，依然很絕望。

「原來是這樣合成《禍特＝無納》與《阿拉克妮的紗線》的能力啊。」

分解透明絲線碰觸的物體……一旦大樓分解，英士郎就會倒掛在天羅地網的中央。

不過幸好，絲線沒有直接碰觸皮膚。就算他再次順著絲線使用《禍特＝無納》

的能力，首先分解的也是衣服。

要是他接連兩次、三次使用能力，英士郎也無計可施。但他應該不會無端浪費珍貴的使用次數。畢竟《無貌》目前已經形同勝利。

（想辦法脫掉衣服……不，沒辦法。就算想逃出去，看來也沒轍……）

分解的廢棄大樓塵土籠罩四周，讓看不見的絲線隱約可見。三百六十度，十幾二十層布下的天羅地網早已包圍英士郎。

「這下該怎麼辦呢。」

《無貌》的模樣始終沒變。即使在這種情況下，他依然睡眼惺忪，一臉慵懶的模樣，絲毫沒有大意與自傲。

「不過……如今我也明白一件事啦。看來你不能自由組合純星煌式武裝的能力吧。」

「……」

他並未回答。將《禍特＝無納》恢復成發動體後，再度掏出剛才的槍型煌式武裝。看來他果然不想浪費能力。

「我沒說錯吧？要和《禍特＝無納》的能力組合，應該有其他更有效的純星煌式武裝。但你沒這麼做，多半是……適合與否的問題吧。」

「……這次該結束了。」

《無貌》以毫無情感的聲音宣告後，將槍口對準英士郎。

「──嗯，是該結束了。」

英士郎咧嘴一笑，回答他。

隨後──《無貌》的脖子上出現紅線，隨即噴出大量鮮血。

「!?怎麼……回事……!」

首次一臉驚愕的《無貌》按住脖子，卻止不住噴湧的血。

「嘿嘿……!該說勉強成功吧？」

英士郎以剛才使出渾身解數投擲的右手比了個V字。

沒錯。

是英士郎的手裡劍撕裂了《無貌》的脖子。

「怎麼可能……竟然完全無聲息……!」

《無貌》頓時腳步踉蹌。夜吹一族的手裡劍是以自己的血液與媒介反應所產生。形狀足以剜肉，造成的傷口難以止血。

「當然啊，老兄。消除氣息不是彼此的看家本領嗎？反正你無論如何都無法發現吧。」

「……空汐……之術，嗎……？」

英士郎沒有回答一臉不解的《無貌》。

當然英士郎不會笨到自曝底牌，但他猜得沒錯。

《無貌》一直對空汐之術提高警覺，保持一定距離。因為他和英士郎有實力差距，即使英士郎以此術奇襲，他都足以應付。投擲武器當然不可能命中他。

前提是『單純的空汐之術』。

空汐之術有許多不同版本。撫塵齋使用的不動術屬於其中之一。那一招能強制他人陷入緊張狀態，導致動彈不得。

這次英士郎使用的是他原創的招式《五領封戮》。簡單來說是讓對象露出破綻，與普通的空汐之術一樣。不同之處在於精確度。

五領封戮能在短暫瞬間遮蔽對象的五感。普通的空汐之術也足以讓對象的視覺變暗一瞬間。但這種程度可能——不，肯定對《無貌》無效。只要其他感官還在運作，即使能讓他動搖，依然無法阻止其連續專注。一個很有名的逸聞是，高手連睡覺時遇襲都能迅速反應。一定等級以上的強者就算封閉一兩種感官，依然足以對敵。

那該怎麼做呢？很簡單。只要封閉所有感官即可。如此就能中斷對象的連續專注，產生破綻。

問題在於，空汐之術一次只能產生一種效果。不論施術速度有多快，有延遲就毫無意義。

思考到最後，英士郎想出一種解決方法。就是緩效性的空汐之術。理所當然，利用人體反射等性質的空汐之術都是即效性。但只要調整時間差，就有可能同時啟動好幾項空汐之術。這就是五領封戮，同時遮蔽對象的視覺、聽覺、嗅覺、味覺與觸覺，讓對象產生完全無防備的狀態。

空汐之術最大的好處，就是對象不會發現自己中招。英士郎知道自己逃不掉後，就一直對《無貌》施加空汐之術。

不過調整極為困難。要看《無貌》的陷阱先逮到英士郎，還是五領封戮先準備完成。這是與時間的賽跑。

結果英士郎似乎以毫釐之差獲勝。

「哈哈……！算你行……你的本領，真不錯……可惜……了……」

《無貌》的身體緩緩搖動，隨即筆直墜落。

傳出沉鈍的聲音後，纏住英士郎的絲線隨即消失無蹤。

英士郎在空中轉一圈落地，發現周圍變成一片空地。整座大樓似乎真的分解得不見蹤影。英士郎再次對可怕的純星煌式武裝嚇出冷汗。

保險起見，英士郎遠遠觀察《無貌》的呼吸，發現他沒有氣息。再度傾聽確認後，他的心臟似乎也停止跳動。

徹底死亡了。

「……太棒啦！我贏了！」

英士郎擺出小小的勝利姿勢。

自己戰勝了《無貌》。

戰勝了異色眼。

戰勝黑社會最強特務。

我贏啦——

「……先等等，還不算數吧？」

「啊……？」

結果《無貌》的遺體當著英士郎的面，緩緩站起來。

＊

「你……！你、你……！」

嘴一張一合的英士郎嚇得後退好幾步。《無貌》——梅西歐爾搔著後腦杓表示。

「真是的。好久沒有死掉，果然還是不習慣啊。」

梅西歐爾一摸脖子，上頭已經不見傷痕。

連墜落時折斷的脖子都完全復原。

「再生能力者……？不、不對……不可能，這不可能吧？不論多強的再生能力者，應該都不能讓死人復活……」

英士郎還語無倫次，但已經再次備戰，沒有破綻。原來如此，果然是優秀的特務。甚至希望英士郎加入黑貓機關。

（嗯……？話說好像聽過，前任異色眼似乎拉攏過夜吹一族的年輕人……）

雖然不知道是不是面前的英士郎。如果是的話，代表前任似乎頗有眼光。

可是既然彼此在任務中敵對，就不能放過英士郎。

「總之第一次交手就算你贏。不過第二次之後就別想啦。」

聽到梅西歐爾這麼說，英士郎又後退半步，拉開距離提高警戒。

「……呃，在交手之前……為什麼你還活著？你剛才不是死透了嗎？」

「誰曉得。」

如果有必要的話，當然會如實吐露。否則何必刻意暴露自己的底細。

何況埋藏在梅西歐爾心臟的純星煌式武裝《無名》，可是祕中之祕。即使在雷渥夫黑學院，也只有狄路克知道這個祕密。

而且連《無名》這個名字都是臨時取的。

這項純星煌式武裝能賦予使用者類似長生不老的能力。其存在受到人為抹消，不為人知。統合企業財團陽雪當初掌握這塊萬應精晶的特性後，毫不猶豫選擇隱瞞。因為這項純星煌式武裝的代價極為惡質（另外梅西歐爾個人認為，其他統合企業財團應該也有一兩樣這種純星煌式武裝）。

它的代價是『生命』。

《無名》會吞食人的生命儲存起來。只要還有存量，使用者就能反覆復活。問題在於它每兩個月就要自動消耗一條命。換句話說，一年最少要犧牲六人才能持續使用這項純星煌式武裝。如果在缺乏存量的情況下過了兩個月，就會自動消耗使用者的生命。

目前《無名》還存了九條命。不，剛才消耗一條，所以還剩八條。

《無名》捕食的時候，使用者會強制陷入睡眠狀態。所以連梅西歐爾都不知道捕食的過程。他不知道陽雪怎麼挑祭品，不知道犧牲者為何這麼衰，也不感興趣。對他而言，唯一重要的就是讓自己長命。

《無名》的能力還有一項重要的副產物。

就是儲存多少條命，就能使用幾項純星煌式武裝。如果有新的使用者，就以別人優先。不過沒人用的雷渥夫純星煌式武裝，大多在梅西歐爾手中。

「總而言之，我剛才似乎有點小看你了。向你道歉。」

「免了啦，你就繼續小看我沒關係……」

英士郎露出僵硬的苦笑回答。

「接下來我會更加謹慎，更加膽小。」

倒楣的是，剛才損失的性命對應的純星煌式武裝是《阿拉克妮的紗線》。因此無法再使用這項武裝，但梅西歐爾還有其他純星煌式武裝。

「那就開始第二回合吧。」

正當梅西歐爾要取出其中一項武裝的瞬間——

「！」

狄路克的氣息忽然消失了。

梅西歐爾立刻望過去，發現狄路克乘坐的車輛連人帶車消失。只剩下黑貓機關的保鑣留在原地，而且他們顯然不知所措。

「哦……？」

晚了一瞬間，英士郎似乎也發現，望向該處。

該不會是這名少年的傑作吧，但梅西歐爾立刻改變想法。

這不是開車離去，而是瞬間連人帶車失蹤。可能是雷渥夫擁有的純星煌式武裝，《天地迴針》的能力。據說這項武裝以前曾用來前往《蝕武祭》的會場，可以交換事先指定的兩個空間座標。

記得目前的使用者是狄路克一手培養的學生。

（這麼說，難道這才是一開始的目標……）

表面上的理由——是以狄路克為餌釣出銀河的特務，派梅西歐爾解決。實際上是利用這名少年，讓梅西歐爾離開自己身邊，自己再趁機開溜。

（嘖……！被擺了一道……）

黑貓機關是雷渥夫的情報機構。雖然是隸屬學生會與學生會長的下級組織，實際上比較聽陽雪總部的命令。不久前梅西歐爾也接獲陽雪的命令，以保護狄路克為理由監視他。梅西歐爾不知道個中原由，但似乎狄路克的行動引起了總部的懷疑。

「哎呀呀？你們家的老大好像突然消失了喔……不要緊嗎？」

自己既沒露出焦急的神情，也沒有完全掌握情況。不過英士郎似乎擅長見微知著。

「沒啦，如果你要打我就奉陪。反正你追上來的話，我多半也逃不掉。當然只好和你搏命囉。」

「……」

「反正我也不知道憑這點三腳貓功夫能撐多久。不過我會全力抵抗，所以有勞你指教啦。」

嘴裡說個不停的英士郎舉起苦無。

如果要再度和這名少年交鋒，梅西歐爾肯定不會輸。剛才是自己疏忽，況且空汐之術雖然有威脅，但只要使出全力，梅西歐爾肯定會贏。

可是——真要說的話，很難在短時間內分出勝負。

剛才的英士郎等於已經宣告『就算會輸也要盡可能拖時間』。如果他全力防禦並逃竄，即使自己使用好幾項純星煌式武裝，也得花一點時間。

（《天地巡針》的有效範圍大約一百公尺……以目前使用者的能力，頂多能連續使用三次。意思是還有機會找到嗎……）

「哎……沒辦法。下次再分勝負吧。」

讓知道自己一部分能力的人留下一命有點丟臉。可是現在必須優先追蹤狄路克的下落，這一點無庸置疑。

「免了啦。我才不要再和你打。」

「……真受不了，你這小鬼好狡猾。喂，走了。」

沒理會嬉皮笑臉的英士郎，梅西歐爾吩咐狄路克的保鑣，然後縱身一跳，離開空地。

*

緊盯《無貌》離去的黑暗彼端一段時間。確認應該沒問題後，英士郎深深吁了一口氣。

「呼～剛才好險啊……！」

如果《無貌》堅持要英士郎的命，這次肯定會死在他手上。即使要破解空汐之術與五領封戮沒那麼簡單，但並非沒有應對方法。像《無貌》這麼厲害的高手，肯定很快就有對策。

所以英士郎這條命完全是撿回來的。

此時彷彿看準了時機，英士郎的手機響起來電。

是未知來電的聲音通訊。

不過知道這個號碼的人可不多。

「喂喂，請問是哪位？」

『哦，你還活著啊。真有一套。』

果不其然，是梅西歐爾的上司打來的。梅西歐爾剛剛才和英士郎打得你死我活。

「擅自拿別人當誘餌，居然還敢講這種話啊，混蛋。」

『誰管你啊。活該你糾纏不休地跟蹤我。』

狄路克聲音充滿焦躁地咒罵。

『不過……梅西歐爾那傢伙也同樣煩人。能順利甩掉他真是太好了。』

「《無貌》老兄面無血色地去追你耶。你這麼從容，不怕被他追上？」

『沒問題。只要甩掉他就不怕了。』

狄路克說完停頓了半晌，然後繼續開口。

『所以老子我要向你答謝。你可得心存感激聽好啊。』

「啊？答謝？」

出乎意料的兩個字，聽得英士郎睜大眼睛。

這個詞和《惡辣之王》實在太不相符了。

『讓老子告訴你，你們要找的人在哪裡吧。』

「……拜託，你以為我會相信嗎？」

『信不信由你，反正也輪不到你來判斷吧？』

的確，該判斷真偽的人並非英士郎。

即使英士郎不負責判斷……可是這個情報來源實在太不可信了。

如果這是交易就另當別論。狄路克在這方面倒不會背信棄義。這和他的本性無關，而是利害得失。因為他比誰都清楚，會在交易中撒謊的人，在黑社會根本混不下去。

可是這一次，從頭到尾都是狄路克擅自利用英士郎。雙方沒有任何交易，純粹是受到利用的英士郎倒楣。照理說狄路克沒理由賣英士郎人情。

所以正常來說，肯定會懷疑是陷阱……

「……好吧，我就姑且聽之。」

『哼，一開始就別嘴硬。聽好，你們要找的對象——在上面與下面。』

學戰都市ASTERISK

第四章　一線希望

克勞蒂雅緊急召集的成員們，聚集在早上的厄托那飯店一間房間內。

「拜託，這肯定是陷阱吧。」

「我、我也這麼認為……」

席爾薇雅與綺凜兩人一聽到英士郎剛帶回的情報，立刻露出狐疑的表情。目前紗夜中了奧菲莉亞的毒，正在治療院昏睡中。如果她在場的話，多半也會有相同反應。

另外英士郎本人似乎十分疲勞，一回來就躺平。

「竟然還是《惡辣之王》提供的情報，正常人都不該當真吧。當然目前我們的確掌握不到任何情報。可是要抓救命稻草，也該找根好一點的抓吧。」

席爾薇雅揮揮手，嘆了一口氣。

「況且……就算他說上面與下面，也實在太曖昧了。根本不知道在哪裡，要如何行動呢……」

「兩位的意見很正確。但這是夜吹同學搏命帶回來的珍貴情報。如果隨意放棄，我個人覺得十分可惜。」

對於克勞蒂雅的回應，綾斗舉起手來。

「所以克勞蒂雅，妳認為這番話有可信之處？」

克勞蒂雅人很體貼，卻不會受到感情左右。就算這是英士郎冒死獲得的情報，如果可信度很低，也不會特地提到有思考的價值。

「沒錯，雖然我沒有確切的證據……在我回答之前，綾斗你怎麼看？」

「我嗎……這個啊，其實我也覺得可疑。但反過來說，又啟人疑竇。如果狄路克存心陷害我們，不是會舉更具體的地點嗎？一如綺凜妹妹所說，他講得太過曖昧了。」

「有可能只是想擾亂我們吧？」

席爾薇雅依然抱持懷疑的態度。

這也難怪。

其實綾斗也直接見過狄路克・艾貝爾范，實在不認為他值得信任。

「關於這一點……在這座城市裡，只有一個地方可以稱之為『下面』。」

「——是地下區域吧？」

「嗯，沒錯。」

面露微笑的克勞蒂雅肯定綾斗的答案。

「這一點我們知道，可是地下區域非常寬廣喔？漫無目的尋找根本就是大海撈針，而且警備隊會定期巡迴可疑之處……對不對，赫爾加小姐？」

聽到席爾薇雅的詢問，剛才一直沉默的星獵警備隊隊長，赫爾加・林多瓦爾難得一臉歉意地開口。

「關於這個問題……不好意思，我沒辦法拍胸脯保證。」

「咦……？」

綾斗、綺凜與席爾薇雅面面相覷。

「請問這是什麼意思？」

「呃，這個……哈哈，真傷腦筋。」

連剛才一直謹慎站在赫爾加身旁的遙，也難以啟齒地支吾其詞。

前幾天，艾略特・佛斯達以《白濾魔劍》成功去除了埋藏在遙體內的《赤霞魔劍》碎片。現在她比以前更有活力地協助警備隊。警備隊的制服穿在她身上也恰如其分。

「本來想等搞定之後再提那件事。但如果可能有關，那我們也先在這裡報告……

無妨吧？」

「嗯，可以。」

赫爾加確認後，克勞蒂雅大方地點頭。

看來克勞蒂雅已經聽過那份報告了。

這麼一來，克勞蒂雅的母親伊莎貝拉多半也知情。由於她出席『大會談』，最近幾天都沒見到她。

「其實今天……日期上應該算是昨天，提供情報者主動接觸了我。」

「提供情報者？」

「是阿勒坎特學院的艾涅絲妲・裘奈。」

「！」

可以聽到綺凜倒抽一口涼氣。

「果然……與那些擬形體有關嗎？」

「沒錯。」

綺凜以前曾經在湖岸都市遭遇擬形體——目前認為是金枝篇同盟的實戰部隊。不過外觀與能力像極了艾涅絲妲製作的自律式擬形體，阿爾第。

「簡單來說，她的說詞如下：『以前接案子設計的擬形體，似乎大量送進

Asterisk了。有可能用在某些非法行動中。由於不想被當成犯罪同黨，想趁出事之前向有關單位提供情報，證明自身清白。』」

「她還……真懂得明哲保身啊。不過她的確有可能若無其事地這麼說。」

克勞蒂雅以手抵著臉頰，露出苦笑。

從她的反應來看，克勞蒂雅肯定只接到報告，卻沒聽到細節。

「與其說提供情報，更像是交易嘛。簡單來說，她想以情報交換我們放她一馬吧？」

同樣一臉錯愕的還有席爾薇雅。

「可是我們現在最缺乏的，就是金枝篇同盟的相關情報。不否認她的確趁人之危，但我不認為艾涅絲妲・裘奈直接加入過金枝篇同盟。況且她似乎也不知道他們的目的。」

「……真的嗎？」

「星獵警備隊有負責測謊的《魔女》。不過必須在雙方同意下才能發揮效果，而且也不能當成證據。不過可以確認事實。」

遙跟著向始終訝異的席爾薇雅補充說明。

「哦，我都不知道呢。」

「畢竟沒有公布過啊。總之根據艾涅絲妲・裘奈的情報，據說金枝篇同盟的成員是《處刑刀》、狄路克・艾貝爾范與《瓦爾妲＝瓦歐斯》三人。」

「《孤毒魔女》與《優騎士》不算成員？」

「艾涅絲妲表示，只有這三人擁有決定權。其他人全都只是工具。」

「根據我的記憶，當時負責計畫的是艾克納托與《處刑刀》。還有《瓦爾妲＝瓦歐斯》……所以她說得應該沒錯。如今狄路克・艾貝爾范取代了艾克納托的位置吧。」

遙以手指抵著太陽穴，回憶往事並開口。

「接下來才是正題。艾涅絲妲・裘奈提供的情報，最重要的部分是擬形體送進了這座六花都市。而且包括數量、位置與規格等相關情報。」

「請、請問一下……剛才隊長說數量很多……那種擬形體已經量產那麼多架了嗎？」

綺凜戰戰兢兢地舉起手。

「那種擬形體……根據帕希娃・嘉多娜的說法，記得叫變異戰體。是相當厲害的武器。一對一戰鬥的話，要有進入排名的實力，否則很難打贏。要是一次面對好幾架，如果沒有《始頁十二人》等級可能很困難。如果好幾十架送進都市內……」

「——一千架。」

「咦……？」

「艾涅絲妲・裘奈表示，交給客戶一千架變異戰體。」

現場的氣氛明顯緊繃。

綾斗與席爾薇雅沒有直接與變異戰體交鋒過。但綺凜說得這麼嚴重，代表相當難纏。

而且居然有上千架。

「不過等一下。艾涅絲妲怎麼會知道變異戰體已經送進 Asterisk 了呢？甚至知道位置在哪裡……」

「她似乎事先埋藏了裝置，只有她才能掌握位置等資訊。似乎是以防萬一的保險。」

「該說她真是滴水不漏嗎……」

艾涅絲妲乍看之下一臉天真無邪的笑容。想不到真正的她居然這麼堅強。

「總之我們根據她的情報，實地調查某間倉庫後，真的發現二十架變異戰體。」

「哦～」

「……本來還好好的，結果變異戰體突然同時啟動。無可奈何之下，我只好出手控制。」

「……噢。」

不知道該為情報正確感到高興，還是該擔心有可能是陷阱，真微妙。

「咦……？請問，這不就代表隊長您一個人……？」

「因為人手不足啊。包括遙在內的部下負責封鎖四周、引導他人避難就忙不過來了。況且連我都沒體驗過變異戰體的實力，不能隨便讓部下身陷危險吧？」

可是連綺凜都認為『要是一次面對好幾架，如果沒有《始頁十二人》等級可能很困難』。隊長竟然一個人打贏了二十架。

「我也是聽到騷動才急急忙忙趕到，結果隊長已經全部搞定了。」

說著，遙也露出幾分錯愕的笑容。

「接下來才是問題。隨著變異戰體啟動，艾涅絲妲・裘奈之前探測到的位置資訊竟然通通消失了。」

「咦？」

「當然我們有備份資料，嘗試基於資料尋找……結果到目前為止全都落了空。」

「換句話說，完全被他們玩弄於股掌吧。」

克勞蒂雅只能苦笑地雙手一攤。

「他們刻意放過艾涅絲妲・裘奈偷偷藏在變異戰體內的裝置。並且還盡可能反過來利用吧。對警衛隊而言，只要發現一次真正的變異戰體，就必須調查其他地方才行。」

「沒錯，目前已經分出人手負責『大會談』的警衛，結果今年觀光客的糾紛特別多。再加上這次的大搜查，警備隊其實早就分身乏術了。」

說到這裡，赫爾加深深吁了一口氣，低下頭去。

「而且最大的問題是——這次發現變異戰體的倉庫，其實在警備隊的巡邏道路上。而且這支警備隊是我為了本次事件新指派的。」

「……這是什麼意思？」

席爾薇雅露出犀利的視線。

「質問負責的警備隊員後，他回答『知道那裡是巡邏道路，可是考慮到目前的治安情況，才優先選擇案件頻傳的地區』。換句話說，倉庫被忽略了。」

「這、這樣……的確是個問題呢。」

「嗯，沒錯。不過為了當事人的名譽，我要先聲明。那名隊員原本對職務很盡責又有熱忱，相當認真。以前從未違反過規定。質問後連他也一片混亂，不知為何會犯這種錯。」

「要加入星獵警備隊，必須通過赫爾加隊長的嚴格審查。據說這是警備隊人手不足的因素，由此可知大家都是優秀人才。哪像我還是菜鳥。」

雖然遙幫忙緩頰，赫爾加的表情依舊嚴肅。

「然後我硬是拜託科貝爾院長，立刻幫那名隊員安排精神感應檢查。統合企業財團總部的幹部會定期在治療院接受這種檢查。很花時間，不過準確度很高。果不其然發現精神干涉的痕跡，雖然極為微弱。」

「所以是《瓦爾妲＝瓦歐斯》的……」

「應該吧。多半是刺激該名隊員維持治安的熱忱，強迫他優先處理眼前的問題……所以回到話題，巡邏地下區域很難保證不會發生相同的問題。」

「！」

原來是這麼回事。

這麼一來，金枝篇同盟的成員的確有可能潛伏於地下區域。

「重要的是，這起事件讓我們必須重新檢討。那就是《瓦爾妲＝瓦歐斯》的能力有多可怕。星辰力會對違背個人意志的精神干涉產生防禦反應。但如果沒有違背，防禦效果就不明顯。即使認為行動出於個人意願，結果依然正中金枝篇同盟的下懷……這種人可能比我們想像中還多。」

「——」

聽起來相當可怕。

自己在不知不覺中，成了金枝篇同盟計畫的幫凶。甚至無法保證綾斗與在場成員們沒有受到什麼干涉。

「……」

現場籠罩在沉重的沉默中。忽然，克勞蒂雅的手機來電打破了沉默。

「不好意思……嗯，是嗎？我知道了。那我們馬上過去。」

簡短聲音通話後，克勞蒂雅看著所有人宣布。

「聽說紗夜醒了。而且有重大要事必須立刻告訴我們，要我們立刻集合。」

聽到這句話，所有人都起身。

紗夜在準決賽似乎成功與奧菲莉亞對話。如果屬實，代表她可能掌握了重要情報。

「不好意思，我們該回總部了……雖然很想至少派遙跟著你們，可惜實在沒辦法。」

赫爾加露出懊悔的表情搖頭。

「大家抱歉……當然我會與職務並行，盡可能調查金枝篇同盟的相關情報。」

遙也雙手合十，一臉歉意地低頭。

她與金枝篇同盟恩怨最深。原本她肯定是最積極加入的人。

可是從剛才的對話，可以得知警備隊極度缺乏人手，也很明白兩人都不能放棄星獵警備隊的職務。

「不會，警備隊最重要的本分就是維持Asterisk的治安。兩位請專注在工作上吧。」

「……拜託了。」

「啊，幫我向紗夜問好，綾斗。說她平安真的太好了，要確實轉告她喔。」

赫爾加微微點頭，同意克勞蒂雅的話。最後遙以姊姊的身分告訴綾斗，隨後兩人快步離開房間。

「明明天亮了，太陽卻沒有露臉呢……」

目送兩人離去的綺凜，視線望向窗外後嘀咕著。

灰褐色的厚重雲層籠罩在隆冬的空中，天色一片陰暗。

＊

「……太慢了！」

一進入治療院的病房，就看到氣噗噗的紗夜大剌剌站著，扠起手等待眾人。她身上穿的也不是病服，而是制服。一點也不像不久之前還在昏迷的人。

「紗、紗夜……？不用躺著休息沒關係嗎？」

「完全ＯＫ。手臂也拜託治療能力者治好了，沒有問題。」

紗夜說著，雙臂對綾斗靈巧地活動。

這是個好消息。但是治療能力者原本是針對有性命之憂的病患。她接受能力治療，代表院長認為再這樣下去可能有嚴重後遺症。事到如今才覺得，她在這種狀態下強行參加準決賽，實在太魯莽了。

「太、太好了……！看妳的情況，毒性似乎也解除了吧。」

「嗯，完全解毒了。」

紗夜對摸摸胸口、鬆口氣的綺凜比了個Ｖ字。

她似乎完全康復了。

「真是太好了。那麼……必須立刻告訴我們的要事是？」

笑容中帶有幾分嚴肅的克勞蒂雅詢問。紗夜立刻在嘴前豎起食指「噓！」了一聲，並且左顧右盼。

這是單人病房，當然沒有其他人。

「……伊莎貝拉不在吧？」

「母親嗎？嗯，我們彼此都很忙，最近我也沒有直接見到她。她現在應該還在船上。」

「是嗎，那就好。」

「克勞蒂雅的母親在場的話不方便嗎？」

見到紗夜非比尋常的態度，席爾薇雅皺眉。

「聽完我要說的話就會明白。」

然後紗夜說出在準決賽中，奧菲莉亞親口證實的話。

雖然不長，但所有人隨即露出嚴肅表情。

「——以上就是從《孤毒魔女》口中打聽到的情報。」

等紗夜說完後，甚至沒有人對如此震撼的內容表示意見。

奧菲莉亞的最終目的居然是抹殺所有 Asterisk 的人。

雖然不知道原因，但她的力量足以做到。

而且幾乎沒有阻止她的方法。

「必、必須……！想想辦法才行……！」

第一個開口的是綺凜。

「得想辦法，無論如何都要阻止她……！」

即使臉色發青，嘴唇顫抖，綺凜依然緊握拳頭表示。

「是啊，我也有同感……可是……妳怎麼看，克勞蒂雅？」

接著席爾薇雅開口。

雖然她看似冷靜，表情卻前所未有地嚴肅。

「……根據紗夜的說法，應該很困難。金枝篇同盟已經準備完畢，亦即他們隨都能按下炸彈開關。不論是奧菲莉亞這顆炸彈，或是主謀《處刑刀》、狄路克・艾貝爾范等人。一旦他們知道有人試圖阻止，將會毫不留情引爆。連統合企業財團內部都有金枝篇同盟的暗樁，根本無法不動聲色地行動。」

克勞蒂雅始終冷靜，但是清晰的聲音卻透露幾分緊張。

對於金枝篇同盟的目的，財團肯定沙盤推演過各種情況。但肯定不會料到，他們居然計畫這種事情吧。

「不過我現在知道，為何紗夜不希望母親得知這件事了。」

「這、這話怎麼說呢？」

綺凜詢問後，紗夜代替克勞蒂雅回答。

「伊莎貝拉……應該說銀河肯定會以犧牲為前提，採取行動。我不希望這樣。」

「以犧牲為前提採取行動……？」

「用剛才的例子比喻，就是以炸彈會爆炸為前提行動。如何降低銀河的傷害，如何在爆炸後繼續隱瞞《瓦爾妲＝瓦歐斯》的存在。還有能不能將金枝篇同盟的企圖推卸給其他統合企業財團，諸如此類……簡單來說就是這樣。既然無法阻止，這樣的確比較合理。」

最後嘆了一口氣說完，克勞蒂雅苦笑。

「維持現狀下還有唯一阻止的方法。就是尤莉絲在決賽中對奧菲莉亞・蘭朵露芬……」

「不行。」

在紗夜說完之前，綾斗強勢打斷。

「唯有這一點絕對不行。我不會讓她這麼做。」

「嗯，我知道。我也不希望她下毒手。」

紗夜也點點頭。

「這麼一來，就非得想想其他的方法……嗯……」

席爾薇雅手扠胸前，陷入沉思。

「話說回來……根據剛才的說法，紗夜醒來的時候應該已經無法挽回了，不是嗎？」

「噢，因為我在毒性發作前，已經完全耗盡了星辰力。」

「……？」

還不太理解的綺凜微微歪頭，不過一旁的克勞蒂雅幫忙解說。

「這次紗夜中的毒，和以前綾斗在萊澤塔尼亞中的應該是相同毒素。聽說昏睡時間會根據星辰力的總量而不同。所以星辰力消耗愈多，應該會愈快醒來。」

「原來如此。是為了這個目的，最後才發射赫涅克萊姆的吧。」

雖然知道綾斗這個實例，但情急之下想到這種方法的紗夜也很厲害。

「沒錯。」

「因此爭取到擬定對策的時間了，這都是紗夜的功勞。」

「嗯哼。」

受到稱讚的紗夜自豪地抬頭挺胸。

「……時間、時間……時間？」

結果聽到這句話的綺凜，突然抬起頭來。

「各、各位，我……可能想到一個方法了……」

「咦……!?」

所有人視線聚焦在綺凜身上。

「可、可是，請大家等一下！我不知道能不能真的成功。況且要成功的話，最少必須達成一項……不，兩項條件才行……！」

「別管了……！先擱置那些，總之先告訴我們吧！」

在克勞蒂雅催促下，綺凜環顧眾人後，才戰戰兢兢開口。

「——————」

聽完之後，所有人都陷入沉默，彷彿在仔細思考。

「原來如此……這樣的確有可能。」

不久克勞蒂雅嘴裡嘀咕。

這個方法的確有可能一次解決所有問題。當然，過程就像走鋼索一樣危險。

「問題在於綺凜說過的前置條件。至少得掌握馬迪亞斯・梅薩、狄路克・艾貝爾范與《瓦爾妲＝瓦歐斯》三人的所在位置才行……」

「結果又回到這裡來了呢……嗯……」

紗夜與席爾薇雅同時嘟囔。

「關於這一點……席爾薇雅，能以妳的歌聲發揮探測能力嗎？」

「咦？是可以……可是我的能力無法鎖定地點喔？妳應該知道吧？」

連有探測能力高手的警備隊都無法掌握他們的位置，代表金枝篇同盟肯定已經有完善的對策。

「聽說限縮範圍能提高探測能力的精確度。如果真要精準鎖定，即使他們有方法對抗探測能力，應該也能感到反應吧？」

「這個……要試試看才知道。但是提高功率應該……有機會吧？」

席爾薇雅歪著頭表示。

「可是如果不夠精準的話，應該沒有效喔？」

「嗯，沒關係。」

克勞蒂雅掏出手機，啟動六花的立體地圖。

「首先是這裡——」

克勞蒂雅指著地下區域的負重區，隱藏在後方的最深處——地圖上沒有記載，但該處是曾經舉辦《蝕武祭》的舞臺。

「《處刑刀》……馬迪亞斯・梅薩多半在這裡。」

「！」

近乎斷定的語氣讓所有人吃驚。但席爾薇雅立刻重新振作，調整呼吸唱出歌聲。

「——思考與記憶的一對羽翼　來回逡巡瞬疾穿梭　告知惡鬼潛伏的巢穴」

歌詞有點不太一樣，但以前芙蘿拉遭到綁架時，她也唱過同一首歌尋人。

可能使用了相當大量的星辰力，萬應素在房間內呼嘯。

同時在立體地圖上出現兩根黑色羽毛。

「飛越破曉的雲海　乘馭黃昏之風　在宵暗的盡頭指點迷津——」

之前尋找芙蘿拉時，兩片羽毛在地圖上以圓形軌跡活動。這次則從一開始就定在《蝕武祭》舞臺的所在位置，一直在該處盤旋。

「思考與記憶的黑色使者　在我等面前顯示目標的氣息吧——！」

席爾薇雅唱出歌聲後，羽毛指示的位置略為發光，隨即消失。

「呼……」

抹去額頭冒出的汗水，同時席爾薇雅深吁一口氣。

「雖然反應很微弱，但我的確感應到。《處刑刀》似乎真的在那裡。」

「！」

除了克勞蒂雅，所有人都驚訝地睜大眼睛。

「……不過妳怎麼會知道呢？」

「我只是相信《惡辣之王》說的話。剛才提到的『上面』與『下面』，『下面』肯定是指地下區域的某處。而且根據遙小姐與綾斗的說法，馬迪亞斯．梅薩似乎相當多愁善感。至少他相當執著於過去與相關事物，所以他自然會潛伏在有淵源的地方。」

「可是記得地下區域收不到訊號吧？」

就算潛伏在地下，要是完全無法與外界聯絡，肯定很不方便。

想起以前紗夜誤闖地下而迷路。不過克勞蒂雅輕描淡寫地表示。

「地下區域只是收不到普通信號。利用管轄的設施保全部門線路就沒問題。這對金枝篇同盟而言應該易如反掌。」

「原來如此……」

如此一來也只能接受。

——不過這樣還不夠。

「那麼席爾薇雅，抱歉在妳疲勞時提出要求。接下來可以也尋找『上面』嗎？」

「咦……!?這妳也知道嗎？」

「其實只是猜測，但《瓦爾妲＝瓦歐斯》應該在該處。發現這個可能性時，我也啞口無言……但現在幾乎可以確定了。」

克勞蒂雅說著，手指的位置是——

「厄托那飯店的……」

「……頂樓？」

也就是綾斗等人剛剛還在的飯店。

「啊——！對啊，原來是這麼回事……！」

席爾薇雅捧著頭大喊，怎麼之前沒發現到。

「——在六花園吧。」

六花園。

那座巨蛋型空中庭園位於厄托那飯店頂樓，相當有名。六間學園的學生會長每個月會聚集在該處開一次會。除此之外，據說即使是統合企業財團的幹部也禁止進入。

席爾薇雅再度發動能力後，該處出現了相同反應。

「哎……真是太大意了。庭園幾乎由擬形體擔任警衛，而且一個月才使用一次。這裡的確是最佳的藏身之處……」

「而這也是我的推測。《瓦爾妲＝瓦歐斯》待在這座城市時，肯定一直以該處為據點，並非只有這次。」

「不會吧……那我們豈不是每個月都在敵人的根據地開會……？」

「我們也一直在敵人的眼皮底下開會討論對策。」

真是丈八燈臺，照遠不照近。

「不過我也只知道這些。很可惜，我不知道《惡辣之王》在哪裡。既然他主動提供情報，代表他肯定不和《處刑刀》與《瓦爾妲＝瓦歐斯》在一起吧。」

克勞蒂雅聳聳肩表示。

「可以問個問題嗎？克勞蒂雅妳似乎從一開始就一定程度相信《惡辣之王》說的話。為什麼呢？」

「很簡單。我不是相信他，而是相信他的個性。」

對於席爾薇雅的問題，克勞蒂雅以意有所指的笑容回應。

「《惡辣之王》的個性……？」

「畢竟我和他打交道的時間比妳久一點，所以隱約分得出來。比起自己的勝利，他的個性更執著於挫敗勝利者。」

克勞蒂雅說得很乾脆，然後拍了一下手改變話題。

「關於《惡辣之王》在哪裡，我倒是想到幾個可能的地點。可是沒有確切證據，只能實際去猜猜看。所以……我想再次拜託夜吹同學調查《惡辣之王》。」

「靠夜吹一人？可是……」

英士郎昨晚才單獨行動，而且差點丟了小命。

「這次的作戰只能仰賴可以信任的人執行。如果只考慮戰力問題，告訴母親肯定比較確實。可是這樣沒有意義。」

「夜吹是否可信姑且不論，但克勞蒂雅說得對。考慮到《瓦爾妲＝瓦歐斯》的能力，行動人數必須愈少愈好。」

紗夜跟著支持克勞蒂雅的意見。

「嗯，也對。況且要說危險，我們應該比他更危險吧？」

即使這麼說，席爾薇雅的表情依然充滿幹勁。

長年尋找的對象如今終於近在咫尺，也難怪她這麼鬥志高昂。

「哎……我知道了，就這樣吧。」

雖然對英士郎過意不去，但是現在情況緊急。

沒有時間猶豫了。

「這麼一來，最後還有一項條件。」

「是、是的……！要執行這項作戰，無論如何都需要尤莉絲同學的協助……」

綺凜視線朝上望向綾斗，小聲表示。

「——沒關係，我去勸尤莉絲。」

再次確認時間，現在是九點。

決賽從正午開始，代表幾乎沒時間了。

「我知道了。那麼由我這邊負責準備，尤莉絲就拜託綾斗你了。」

學戰都市 ASTERISK

第五章　起始的回憶

「呼……」

從頭淋浴著熱水，尤莉絲讓還在睡夢中的意識清醒。

可能因為疲勞的關係，昨天出乎意料睡得很沉。即使距離決賽還有一點時間，原本應該早就進入會場，開始暖身了。

不過。

「想不到星辰力會恢復這麼多……這也是《萬有天羅》那瓶仙藥的關係嗎？」

月華美人是星辰力消耗至極限的大絕招，休息一晚並不足以回復。

雖然星露說仙藥沒多神奇，其實相當有效呢。

還是——

（每次使用月華美人，某種奇妙感覺就愈來愈強烈……）

尤莉絲不知道這件事情是好還是壞。

不過事到如今，這些都不重要。

因為一切都將在今天結束。

「即使無法恢復至萬全狀態，但差不多有八成吧。這樣應該足夠了。」

右手的骨折實在沒轍。畢竟在錦標賽中，不可能毫髮無傷晉級決賽。即使決賽對手奧菲莉亞具備輾壓級的力量，依然沒辦法無傷。

離開浴室後，尤莉絲以毛巾擦拭身體。同時仔細端詳自己映照在化妝室鏡子的容貌。

……還不錯。雖然還有點霸氣，但應該不會心浮氣躁，或是膽怯畏縮。可能是在昨天的準決賽中，卸下心頭一顆大石的緣故。

總之體能與精神狀態都沒問題的話，之後就是全力以赴。

尤莉絲穿上內衣，一拍臉頰提振精神。

就在這時候。

「嗯……？」

聽到客廳傳來聲音，尤莉絲立刻提高警覺。

明顯有人。

（難道是奧菲莉亞背後那些人……？）

煌式遠距引導武裝——的發動體不在手邊。所以尤莉絲集中精神力，以備隨時能發揮能力，同時衝出化妝室。

「是誰！」

「哇……!?」

結果是熟識的少年，在窗邊驚訝地睜大眼睛。

身穿星導館制服的他，就像石頭一樣愣在原地。

「拜託，是綾斗你啊……真是嚇死我了。」

見到他的容貌，尤莉絲才放鬆戒備，鬆了口氣。

集中的星辰力，以及產生反應呼嘯的萬應素也跟著消散。

「抱、抱歉……！」

另一方面，綾斗滿臉通紅，急忙慌張地轉過身。

尤莉絲這才發現自己身上只穿著內衣，同樣羞紅到耳根。

「——！綾、綾斗……！你這人真是的……！」

情急之下尤莉絲抓起事先放在床上的制服，摀住胸口。正準備開口抗議……尤莉絲卻發現自己其實沒那麼生氣。

不，應該說這幅光景，這種似曾相識的感覺——

「……噗！呵呵……！」

「尤、尤莉絲？」

見到尤莉絲忍不住笑出來，轉身背對的綾斗發出不解的聲音。

「噢，沒什麼啦……話說我想起來，當初和你相遇時，也是在這種情況下呢。」

沒錯。

回想起來，這麼糟糕的首次見面還不多見呢。

不過現在。

「該說懷念呢，還是好笑呢……稍等一下，我馬上穿衣服。」

一邊說著，尤莉絲迅速穿上手中的制服。

「抱歉，尤莉絲。由於實在有急事找妳……手機也打過好幾次了。」

綾斗再度道歉。

穿好衣服後尤莉絲拿起手機，上頭的確顯示許多綾斗的來電。剛才尤莉絲睡醒後直接去淋浴，所以才沒發現。

「都什麼時候了，我當然知道你沒有惡意。畢竟我們相處了這麼久。」

「……是啊。」

綾斗簡短回應的聲音，聽起來也帶有幾分懷念。

這讓尤莉絲有些高興。

「好，可以了。」

換好衣服後，尤莉絲開口。表情還有點緊張的綾斗這才轉過身。

「你有什麼事情嗎？不會是來還我手帕的吧。」

既然綾斗說有急事，肯定事關重大。

「……嗯，我有事情要拜託妳。是關於今天的決賽。」

「你會這個時候跑來，肯定是為了這件事。」

尤莉絲微微嘆了一口氣，坐在床上翹起腳。

「可是很遺憾，事到如今我沒辦法再接受你的——」

「我全都聽說了。」

聽到綾斗打斷自己的這句話，尤莉絲頓時抬起頭。

「我知道妳背負著什麼，以及被迫背負什麼樣的重擔……紗夜在準決賽的舞臺上，直接聽《孤毒魔女》親口證實，並且轉告我們。」

「！」

尤莉絲啞口無言，但她依然立刻切換思考。

準決賽結束後的確聽星露提到，兩人似乎在舞臺上對話。星露大概不清楚內容為何，想不到竟然是暴露祕密。如果奧菲莉亞真的有心達成計畫，當然沒必要告訴紗夜。可是如果奧菲莉亞要阻止計畫，照理說有許多方法才對。

（……不，算了。這些事情等一下直接質問她就好。更重要的是——）

「原來連你們都知道了嗎？」

其實這對尤莉絲而言不值得高興。

就算知道無可避免的毀滅，大家也無能為力，只會受到焦躁與絕望的煎熬。還不如一無所知，反而比較幸福。

「不過你別擔心。一如我昨天所說，我一定會阻止奧菲莉亞。如果實在辦不到，屆時……！」

尤莉絲緊緊握住拳頭。

以免自己的決心瓦解。

「放心吧，尤莉絲。我們會阻止他們的企圖。我就是為了這個目的才來的。」

「你說什麼？可是……」

其實尤莉絲也不清楚計畫細節。但是聽說奧菲莉亞背後的組織勢力遍及各地，而且影響力深入。任何地方都有他們的暗樁，一旦察覺計畫可能遭到妨礙，就會立刻對奧菲莉亞下指令。屆時計畫就會啟動。

當然也有可能是奧菲莉亞在虛張聲勢。尤莉絲自己也想過好幾次。可是自己的一個行動可能會造成上萬、數十萬生靈塗炭，因此無法魯莽行事。

何況奧菲莉亞並沒有說謊。不論改變多少，她依然是曾經同喜共悲的朋友。這一點尤莉絲很清楚。

「根據紗夜聽到的說法，《孤毒魔女》一直充當他們的工具。借用她的話來形容，就是充當命運的工具。即使《孤毒魔女》無意抗拒，計畫也絕非她所願。對吧？」

「……嗯，似乎是的。」

根據之前幾次對話，奧菲莉亞的確是這種態度。雖然好像繞回剛才的思考，但至少她沒有積極達成計畫的跡象。

「──那麼只要讓他們無法發號施令即可。」

「啊……？」

出乎意料的回答，聽得尤莉絲目瞪口呆。

「你、你在說什麼啊……不論他們在哪裡，只要一通訊息就能下命令……」

說到這裡，尤莉絲也發現一種可能性。

「等等……等等等等一下。難道你們……」

「沒錯，舞臺上籠罩著防護凝膠與防護障壁，收不到任何訊息。換句話說，在決賽過程中可以採取任何行動。」

事實上，幾乎無法從外部聯絡在舞臺上比賽的選手。

以前克勞蒂雅曾經闖進轉播間搶麥克風。真要說的話，只有這種離譜的行徑才行得通。

況且——他們應該根本沒考慮這種可能性，因為沒有必要預防。比賽一結束，舞臺的防護措施就會解除，恢復通訊。所以只要等待結束即可，短的話幾分鐘，長的話不過幾十分鐘。

唯一想得到的可能性，是奧菲莉亞在比賽中死亡。但只要不是太嚴重，在會場待命的治癒能力者可以從閻王手中救人（最近的例子就是席爾薇雅）。況且他們大概心想……在Asterisk，誰有能耐殺奧菲莉亞呢。雖然尤莉絲相信自己辦得到。

「目前已經鎖定三名黑幕中的兩人位置。我們在決賽開始的同時，將會兵分二路，阻止他們。剩下一人也由夜吹尋找可能性較高的場所，所以……」

「我知道了。簡而言之，你們希望我『盡可能延長決賽時間』吧？」

尤莉絲表明後，綾斗默默點頭同意。

這項作戰要成功，必須在決賽這段時間制伏對奧菲莉亞發號施令的人。如果比賽在速戰速決下短時間結束，計畫就會破產。因此非常不可靠。

「哎……你們實在太亂來了。明明成功機率相當低，克勞蒂雅居然會點頭。」
「只要可能性不為零，就值得一試吧？」
綾斗筆直注視尤莉絲的眼神表示。
「……」
尤莉絲也默默回望他。
用不著確認。綾斗一直都是認真的。
「……你們真是一群無可救藥的笨蛋。不論你，還有她們，以及我。」
尤莉絲一臉苦笑，同時嘆了一口氣。
「好吧，反正我事先準備的計畫之一就包含拖延戰術。那就相信你們。」
如果。
如果計畫真能成功，尤莉絲就不必選擇最壞的打算。
「嗯，放心吧。我們肯定會設法成功的。」
說著，綾斗面露微笑。
見到他的笑容，瞬間尤莉絲感到一股涼風吹拂胸口。
這股涼風十分溫柔，彷彿吹走了積壓已久的陰鬱。
「好，那我也差不多該走了。」

「……是嗎，你千萬要小心啊。」

尤莉絲說完後，準備從窗戶離開房間的綾斗忽然小聲笑出來。

「怎麼了……有什麼事嗎？」

「沒有啦，我也想起那一天的事情。妳還記得嗎，尤莉絲？當時妳對我大喊『受死吧』。」

「……是嗎？」

雖然尤莉絲裝傻，但她當然記得。

自己當然不可能忘記。

一切都從那一天，那一刻開始。

「如果懷念的話，要不要和當時一樣，用六瓣爆焰花盛大地送你離去？」

「哈哈，那就不用了。」

綾斗苦笑回答一臉笑咪咪的尤莉絲。

然後兩人不約而同伸出右手，握拳相碰。

「希望你順利成功，綾斗。」

「嗯，妳也是。」

然後綾斗直接從窗戶跳下。

直到綾斗身影消失之前，尤莉絲一直凝視他。

凝視自己獨一無二的夥伴背影。

＊

一輛車停在星導館學園正門口。

綾斗敲了敲車門，車門隨即開啟，車內人示意綾斗入內。

「看你的模樣，尤莉絲同意了我們的提議吧。」

包括迎接綾斗入內的克勞蒂雅，車內共有五人，還有紗夜、綺凜、英士郎與席爾薇雅。

車內有皮革沙發與茶几，很像以前與狄路克見面時的那輛車。可能是學生會的專用車。

「嗯，尤莉絲那邊沒問題。」

「那麼我們就全力以赴吧。」

點頭同意席爾薇雅的話後，綾斗也坐在她身旁。

「那麼我再度說明作戰計畫。」

車子平順地開動，不過克勞蒂雅隨即開口。

「現在我們要前往指定地點，等待既定時間來臨。一旦決賽開始，舞臺啟動防護措施後就開始行動。綾斗、紗夜、綺凜，妳們負責《處刑刀》……馬迪亞斯・梅薩潛伏的地下區域。我和席爾薇雅負責《瓦爾妲＝瓦歐斯》潛伏的六花園。到這裡沒問題吧？」

「我對分組沒有異議……」

綾斗說到這裡，瞥了一眼坐在正面的紗夜。

「可是紗夜，妳真的也要參與計畫嗎？」

「那當然。」

紗夜一臉不在乎的表情表示。

「呃，可是……」

雖然紗夜的傷勢痊癒，但她不久之前還陷入昏迷，實在不放心讓她加入。綾斗知道他們目前人手不足。可是現在即將面對的，是綾斗和遙連手都贏不了的怪物。

「放心，我的手和星辰力都恢復了。比較麻煩的是，主要武裝只有赫涅克萊姆能用……但我絕對不會拖大家的後腿。」

紗夜用力哼了一聲，露出絕不退讓的表情。

綾斗也知道，她一旦決定就會堅持到底。

「哎……我知道了。」

放棄抵抗的綾斗舉起雙手後，克勞蒂雅便微微笑，繼續說明。

「那麼夜吹同學，請你單獨尋找《惡辣之王》的所在位置。覺得可疑的點我已經整合到資料了。另外只有夜吹同學不用等決賽開打，可以立刻行動。只是找人的話，就算他們發現也不至於立刻引爆。但如果成功找到《惡辣之王》，請等決賽開始後再直接出手。」

「好啦，明白了。其實說真的，我很想立刻落跑呢。應該說趁現在還來得及，大家一起跑吧？」

不知道他的話裡有幾分真假，英士郎隨口一笑。但是見到眾人的冷淡視線，隨即轉過頭去。

「當然我不會要求你搏命。如果有危險，屆時你可以自行決定。可是在那之前，可以請你好好工作嗎？」

「知道啦，我會盡量追查他到最後一刻。不過情急之下我可是會翻臉喔……話說我先確認一下。這些資料是會長透過《潘＝朵拉》的代價，從惡夢逆推的吧？」

「嗯，我在夢中死於《惡辣之王》與相關人物的手下許多次。我從中挑選他們在夢裡的所在地點、使用過的設施……有什麼問題嗎？」

「噢，沒啦，我有個單純的疑問。這些惡夢不包含這次的事件嗎？」

《潘＝朵拉》的代價是讓克勞蒂雅每天晚上做惡夢。夢見將來克勞蒂雅可能會面臨的眾多死期。碰上這麼大的事件，夢見奧菲莉亞毀滅Asterisk的未來也不足為奇。

但是克勞蒂雅惋惜地搖搖頭。

「很可惜，完全沒有。《惡辣之王》姑且不論，《瓦爾妲＝瓦歐斯》與《處刑刀》應該不曾出現在惡夢中。當然我也並非記得所有惡夢，也有可能是我忘了……不過我認為多半是別的原因。」

「……怎麼說？」

「我猜是這孩子刻意的，不讓我夢見與本次事件有關的內容呢。」

克勞蒂雅輕撫《潘＝朵拉》的發動體，面露苦笑。

「但我不清楚這是老樣子存心整我，還是有其他意圖。」

「……以前我就覺得，克勞蒂雅妳很厲害呢。居然能和這種純星煌式武裝打交道。」

席爾薇雅一臉錯愕地表示。

「哎呀，習慣的話這孩子其實很可愛喔？而且……要是少了它的力量，可能很難迎戰這次的對手呢。」

實際上眾人已經知道。即使不考慮《瓦爾妲＝瓦歐斯》的能力，戰鬥力也很強。即使不及《處刑刀》，但是交鋒過的綾斗認為，他絲毫不輸給各學園的排名第一。當然奧菲莉亞或星露這種怪物另當別論。

「它的能力真的很麻煩呢。」

曾經直接遭受能力影響的席爾薇雅一臉苦澀。

「這、這個……現在問可能有點晚，但是不能想辦法請警備隊幫忙嗎……？」

這時候，綺凜一臉不安的表情開口詢問。

「至少讓知道內情的赫爾加隊長或遙小姐……」

「我當然也考慮過。可是風險實在太高了，不划算。」

克勞蒂雅緩緩搖頭。

「金枝篇同盟最警戒的，當然就是統合企業財團。其次是在Asterisk能與《孤毒魔女》並駕齊驅的赫爾加隊長，以及《萬有天羅》吧。後者我不清楚，但他們肯定安排不少人監視隊長。今天早上也聽到隊長提過呢。」

代表警備隊中可能有暗樁，即使當事人沒有自覺，都會向金枝篇同盟密報。

除了擅自變更巡邏路線的隊員，肯定還有許多人受到《瓦爾妲＝瓦歐斯》的力量影響。這麼想很自然。

「《孤毒魔女》也提過，警備隊有他們的暗樁。我不認為她在唬人。」

紗夜也同意克勞蒂雅的話。

「遙小姐也是執著於追查《處刑刀》的人，我不認為她身邊沒有。況且最好認為他們一定程度掌握了我們的行動。對不對，綾斗？」

「嗯，以前和姊姊一起迎戰《處刑刀》時，他似乎非常清楚我們的行動。」

「我認為這次的作戰就像一場博弈。看看在對手的警戒範圍內，我們究竟能累積多少手中的籌碼。假設警戒範圍是一百，我們每一人會提升十個警戒度，那麼六人也只有六十。赫爾加隊長和遙小姐至少是我們的兩倍……不，三倍或五倍都有可能。如果魯莽行動，就會立刻爆表。」

克勞蒂雅張開雙手，示意爆炸。

「如果他們想達到最好的結果，容許範圍可能會大一點。但我同樣認為別太小看他們，畢竟一步錯就無法挽回。」

紗夜一臉苦澀地表示。

最好的結果，根據奧菲莉亞的說法，就是這次決賽之後……

「我們手中有三張王牌。首先我們已經知道金枝篇同盟的計畫……至少知道《孤毒魔女》想做什麼。其次，我們已經知道金枝篇同盟三名首腦中，兩人的所在位置。最後，金枝篇同盟不知道我們已經得知了這件事。」

只有包含尤莉絲在內的七人知情。強如金枝篇同盟，應該也無從掌握起。

「如果沒有湊齊這三張王牌，就無法想到這次的魯莽計畫。這樣既無法重來，金枝篇同盟肯定也無法預料。考慮到這一點，我們不能冒著失去這些優勢的風險。」

「嗚嗚……我、我知道了。只能靠我們自己努力了吧……！」

即使眼淚快奪眶而出，綺凜依然緊握雙手，鼓舞自己。

這時候——

「那麼差不多抵達了吧。討論就到此為止。」

車輛抵達厄托那飯店的地下停車場，接下來眾人要兵分三路。

所有人下車後，最後克勞蒂雅一臉自信地表示。

「那麼各位，敬請小心。彼此盡自己最大的力量吧。不用擔心，我們一定能成功的。」

英士郎隨即像忍者一樣消失無蹤。目送綾斗等人離開地下停車場後，席爾薇雅斜眼瞪向克勞蒂雅。

「不用擔心，一定能成功，是嗎……妳還真會說呢。」

「有什麼問題嗎？」

「沒啦，我只是在想，這次的計畫實際上究竟有多少成功率。」

對於席爾薇雅的質問，克勞蒂雅默默地佯裝不知。但是不久後輕輕嘆了口氣，然後才開口。

「不論怎麼高估……都不到兩成吧。頂多只有一成左右。」

「我就知道。」

哈哈乾笑了兩聲，席爾薇雅仰望天空……不對，天花板。

「不知道《惡辣之王》的所在位置，果然是最大的瓶頸嗎～」

「是啊，況且……《處刑刀》與《瓦爾妲＝瓦歐斯》都是深不見底的對手。多達一千架的變異戰體，以及《優騎士》的動向依然不明。無法計算的要素實在太多了。」

克勞蒂雅失落地垂頭喪氣。

可是。

「……即便如此，我們依然得全力以赴。」

「……是啊，那當然。」

兩人互望彼此，露出意有所指的笑容。

「欸，克勞蒂雅。我想提個意見。」

「哦，什麼事呢？」

「想找人來幫忙。」

「幫忙……是嗎？現在找人？」

不明白席爾薇雅這句話的克勞蒂雅，露出不解的表情。

「雖然現在迫切需要添加戰力，可是條件很嚴苛喔？首先不能讓對方知情，而且實力不能太差，以免礙手礙腳。至少要有《始頁十二人》的水準，最好能匹敵名列前茅的人。再加上我剛才所說，必須是金枝篇同盟眼中危險性不高的人。代表即使有可能賭命戰鬥，對方依然願意不多問趕來幫忙。學園頂級實力的強者，還不能被金枝篇同盟盯上——有這麼容易找到合適人選嗎……」

「其實有喔。」

席爾薇雅掏出手機後，迅速聯絡對方。

「最重要的是，她並非和這起事件無關。我希望能帶她一起去，即使無法向她解釋……哦，打通了。」

空間視窗開啟，畫面顯示熟悉的對象。

『——席爾薇雅小姐？請問有什麼事情嗎？』

聽見一旁的克勞蒂雅小聲嘀咕『原來如此』。

「嗯，有件事想拜託妳……妳願意聽我說嗎，美奈兔同學。」

＊

現在是正午前。

尤莉絲走在陰暗的通道上，同時一度停下腳步，深呼吸一口氣。

不遠處的入場大門湧現眩目的光芒。

終於。

終於到了這一刻。

差點想回顧之前漫長日子的尤莉絲，迅速打消念頭。

現在不需要這些感傷。

一切等這場決鬥結束後也不遲。

尤莉絲再次跨出一步。

『來了，來了，她來了！超狂熱、超興奮、超刺激的《王龍星武祭》終於！終於！終於到了總決賽！擊敗眾多強者後，她終於從東側大門出現在最後的舞臺上！

星導館學園排名第五！身為《魔女》的本領天下一等，舉世無雙！操縱變化自如的火焰之花，是名副其實的《華焰魔女》！第五輪比賽擊敗界龍第七學院排名第二，《霸軍星君》武曉彗。準決賽擊敗曾經是搭檔，星導館學園排名第一的《叢雲》天霧綾斗。面對更強的強者依然奮戰，最後贏得勝利的不屈薔薇！史上第二人問鼎大滿貫的選手，現在登場！她就是尤莉絲＝愛雷克希亞・馮・里斯妃特！』

整座會場發出震耳欲聾的歡呼聲。

這已經是第三次踏上《星武祭》的決賽舞臺。尤莉絲卻比前兩次更激動。籠罩全場的熱浪彷彿在燒灼肌膚，興奮的觀眾為之瘋狂。空氣的震動幾乎要掀掉整座天狼星巨蛋。

走在通往舞臺的渡橋上，同時尤莉絲筆直注視前方。

對方尚未出現在另一側的西大門。

以前還有心情向觀眾揮手，回應歡呼聲。不過今天，只有今天不一樣。

這場對決始終是屬於自己與奧菲莉亞的——

（……不，不對。）

尤莉絲在內心嘀咕後，搖了搖頭。

的確是屬於自己與奧菲莉亞之間的決鬥。可是尤莉絲的背後有綾斗，有夥伴。

尤莉絲跳下舞臺的同時，會場響起比她登場時更狂的歡呼聲。

『緊接著！緊接著緊接著緊接著！從西側大門出現的是絕對王者！官方賠率竟然是一點一倍！贏得壓倒性支持衛冕的冠軍，自入學以來所有正式非正式決鬥未嘗敗績，全部獲勝！連試圖雪恥而挑戰《戰律魔女》席爾薇雅．琉奈海姆都敗在她的手下！堪稱至高女王！以力量輾壓所有挑戰者的最強《魔女》！從她身上散發的猛毒，甚至凌駕純星煌式武裝！如果對手要挑戰大滿貫，這一位就是問鼎史上首次《王龍星武祭》三連霸！雷渥夫黑學院排名第一！《孤毒魔女》奧菲莉亞．蘭朵露芬！』

但是奧菲莉亞依然和平時一樣，表情充滿悲傷。腳步同樣透露出放棄的感覺，平淡地走過渡橋，來到舞臺上。

「妳來了嗎，奧菲莉亞。」

「妳來了呢，尤莉絲。」

尤莉絲關掉麥克風開口後，奧菲莉亞難得迅速回應。

「怎麼了，妳似乎有些激動？真不像妳。」

「……沒錯。也是，或許妳說對了。」

奧菲莉亞的鮮紅雙眸筆直注視尤莉絲。

「老實說，我沒料到妳的命運竟然這麼強。竟然能站在我的命運面前。」

「哼！別小看我，奧菲莉亞。如今我能站在這裡，靠的才不是命運，而是實力。」

尤莉絲同樣正面面對尤莉絲的視線，開口反駁。

「對我而言都一樣。不過……好吧。那就展現妳口中的實力讓我瞧瞧。」

奧菲莉亞的星辰力突然在體內爆發式膨脹。

「──！」

她的力量足以輾壓一切。

這是第四次與奧菲莉亞決鬥。感覺到她的力量已經增強到遠遠超越以前的她。

尤莉絲以前也面對過許多強敵，但她毫無疑問是最強的。

自己早就知道。照理說早該知道。

本能地想後退一步，不過尤莉絲停下腳步。

這是虛張聲勢。難看又俗氣的執著促使自己這麼做而已。

不過。

「……我再說一次，奧菲莉亞。別小看我。」

「……」

見到尤莉絲這樣，奧菲莉亞默默轉過身去，前往開始位置。

不知不覺中，舞臺已經籠罩在防護凝膠與防護障壁中。

開始時刻即將來臨。

現在綾斗等人應該已經執行計畫。

那麼尤莉絲只要盡到自己的責任——做好份內的工作。

「我要奪回一切！這才是我來到此地的目的！」

尤莉絲向奧菲莉亞的身後大喊。奧菲莉亞並未回頭，以帶有悲傷的聲音回應。

「好，那我會讓一切結束。我就是為了這個目的才在此地。」

機械聲音跟著宣告比賽開始。

『《王龍星武祭》決賽——比賽開始！』

第六章 《聖槍》

—— Asterisk 地下區域。

灰暗的通道以等間隔設置照明，但是亮度實在有限。三個人影的鞋聲發出回音，穿梭在陰暗之中。

奔跑在前頭的人影——綾斗這時候停下腳步。頭也不回的綾斗僅舉起一隻手，制止身後的紗夜與綺凜，並且凝視前方。

面前的通道在不遠的前方出現三岔路。

綾斗擴大一直縮小開啟的空間視窗。畫面顯示克勞蒂雅事前提供的地下區域地圖。對照目前的所在位置，現在應該走右邊才對。

不過——

一邊平復急促的呼吸，綾斗緩緩閉起眼睛。然後以天霧辰明流的知覺擴大技術，『識』之境地搜尋四周。

結果發現通道與通道的中間部分——乍看之下似乎只是普通的牆壁，但是集中意識後，的確只有該處的萬應素淤積不通。

綾斗以《黑爐魔劍》斬斷淤積，頓時感覺到空氣輕盈不少。

再一次確認地圖後，發現左邊才是正確路線。

「呼……」

吁了一口氣後，綾斗收起《黑爐魔劍》。跟在後頭的紗夜跟著厭煩地表示。

「真是的……還來啊。」

三人進入地下區域已經過了一個小時以上。如果依照計畫，應該早就抵達指定地點——通往《蝕武祭》舞臺的電梯了。

地下區域的確就像迷宮，地下通道與排水溝像網子一樣交錯縱橫。不過倒是維護得當，要是有地圖的話，本來即使花點時間也不至於迷路。

前提是沒有設置這些讓人走錯路的陷阱的話。

可能……不，毫無疑問是《瓦爾姐＝瓦歐斯》的傑作，在每條岔路上都設置這種陷阱。一開始綾斗等人沒發現，結果在地下區域白跑許多冤枉路。

「走吧……！」

說完綾斗邁開腳步，紗夜與綺凜也點點頭，跟在後面。

暫時只有一條路。三人並未鬆懈，但這裡應該沒有剛才的陷阱。

「快、快一點吧……！決賽已經開打了……！」

綺凜聲音急迫地瞄了一眼時間，只見時間已經過了正午十二點。

「放心吧……！接下來只要過了前方的岔路，很快就……！」

說到這裡，下一瞬間視野突然變得開闊。

「咦……？」

三人忍不住停下腳步，環顧四周。

該處呈現巨大的半圓形空間，一點也不像在地底。高度約十公尺，直徑可能有五十公尺。即使不及《星武祭》的大規模舞臺，也相當寬廣。

當然，地圖上沒有這個空間。證據就是有硬挖的痕跡，以及好幾堆瓦礫。看起來應該挖通了三層樓，抬頭可以看到牆上到處開著通道口。還有好幾條挖斷的排水溝，水流像瀑布一樣流個不停。

「這是……！」

紗夜與綺凜立刻提高警覺。

「──果然來了嗎？」

此時響起伶俐的聲音。

一名身穿黑色軍服的少女，從其中一條通道現身──是男裝打扮的美人。聖嘉萊多瓦思學園排名第五，別名《聖杯》的純星煌式武裝，《贖罪錐角》的使用者。她也是《銀翼騎士團》蘭斯洛特隊的《優騎士》，以前與綾斗等人在《獅鷲星武祭》決賽中交鋒過。

「……帕希娃·嘉多娜。」

紗夜喃喃說出對方的名字。

聽說她現在是金枝篇同盟之一，曾與綺凜在湖岸都市戰鬥過……

「通往《蝕武祭》舞臺的電梯中，目前依然有三臺在運作。要前往這三臺電梯，無論如何都必須通過這裡。」

帕希瓦往前進，同時平淡地表示。

她的右上方飄浮著巨大的杯型純星煌式武裝，光芒愈來愈亮。

「而你們不可能再往前走任何一步。」

「沒時間了，我們要硬闖。」

綾斗舉起《黑爐魔劍》。紗夜跟著取出赫涅克萊姆，綺凜也拔出雛丸。

雖然帕希娃看著三人，但她的眼神一片黑濁，彷彿什麼都沒看見。她散發的氣息也和以前決鬥時迥異，感覺虛無又空洞。可是深處彷彿有深沉的黑暗在蠢動……

「……綾斗。」

紗夜也似乎察覺到，拉了一下綾斗的袖子。

「嗯，我知道。」

那可能也是《瓦爾妲＝瓦歐斯》搞的鬼。那項武裝實在太討厭了，竟然能將人化為傀儡操縱。

「以前與她交手時，她的模樣就不太對勁。想不到這麼嚴重……」

即使提高警戒，綺凜依然為面前的對手感到可憐。

「──我是槍，除此之外什麼也不是。我要消滅敵人，並且承擔一切罪孽。」

帕希娃閉起眼睛，彷彿機械般喃喃唸出宣示的言詞。

當她睜開眼睛的瞬間，《贖罪錐角》釋放金黃色的光芒。

「──賜予汝等慈悲與贖罪的輪光。」

綾斗以《黑爐魔劍》正面斬除光是碰到就能讓人昏迷的光芒。

「喝啊啊啊啊啊啊啊啊啊啊啊！」

《黑爐魔劍》嗡嗡作響，擋住並撕裂光芒洪流。

以前同樣擋住這道光芒時，對《黑爐魔劍》造成相當大的負擔。不過綾斗目前已能完全發揮這項純星煌式武裝的力量，就算面對《聖杯》也有自信不會輸。

不久後光芒消散。綾斗一揮《黑爐魔劍》，斬除光芒的殘餘後，以劍尖指向帕希娃。

「不好意思，我們三打一。直接突破吧！」

帕希娃很強。而且根據綺凜的說法，她的動作比《獅鷲星武祭》決戰時更加流暢。但憑她一人應該不足以擋住綾斗、綺凜與紗夜三人。

況且《贖罪錐角》是很強。可是發射一次後，需要一定時間充填能量，無法連續發射。

但帕希娃毫無焦急的模樣，輕輕舉起右手表示。

「……不是三打一，是一百打三。」

「！」

突然有無數擬形體從各處通道蜂擁而出。

「這些就是變異戰體……！」

一如之前所聞，純論外表與阿爾第一模一樣。

每一架的性能沒有阿爾第那麼強，可是——

「……這麼多實在很嚇人。」

與綾斗背靠背的紗夜也緊皺眉頭，環顧四周。三人似乎完全遭到包圍了。

所以多半要靠數量優勢輾壓入侵者，才會設下這個空間。

雖然沒有實際清點，但如果帕希娃所言非虛，代表真的有一百架變異戰體。艾涅絲妲交貨的數量似乎有一千架，意思是部署了一成在此待命。

「不論你們有多少人，都不能讓你們前進一步。」

從大批變異戰體的後方響起帕希娃的聲音。

同時所有變異戰體舉起手中的槌型煌式武裝，直撲三人。

「這下子……！有點傷腦筋呢……！」

綾斗躲過砸下的槌子，同時砍倒一架。接著腳踢趁隙而入聯手進攻的兩架。即使這一腳被防禦障壁擋住，依然借力踮腳跳躍。在空中轉動身體的同時揮舞《黑爐魔劍》，斬斷這兩架的頭部。

「轟隆……！」

比平時更有精神的紗夜一喊，赫涅克萊姆的光彈同時爆裂。不過啟動的多層防禦障壁擋住了這一砲。

「唔……！」

單體的防禦障壁不如阿爾第堅固。不過以紗夜的火力，似乎也很難突破數架共同啟動的障壁。變異戰體彼此合作毫無破綻，而且數量實在太多了。如果紗夜與綺凜遭到分隔，陷入混戰的話，反而對三人不利。

綾斗以『識』之境地探測。發現身後……也就是三人剛經過的通道附近，包圍網較為薄弱。在這裡應該可以突破，若在狹窄通道內一一迎戰，就算一百架也有機會打贏。

可是這樣太花時間了。

現在必須盡早趕到《處刑刀》的身邊。

此時綺凜躲過數架變異戰體趕過來，並且小聲開口。

「我要使用《芙墮落》。一旦我拔刀，請兩位跳起來。」

「……綾斗學長，紗夜同學。」

「……」

綾斗與紗夜默默地視線交會，隨即略為點頭示意。

綺凜見狀，往前跨出一步同時收起雛丸。然後取出掛在右腰間的另一支刀——日本刀型純星煌式武裝《芙墮落》。

《芙墮落》的能力是儲存劍氣。如果沒有儲存，就只是普通的鈍刀。不過累積愈多劍氣，銳利度與威力都會增加。

五架變異戰體見到綺凜收刀，認為這是大好機會，高舉槌子逼近。

「——我要上了。」

隨著綺凜簡短的宣告，綾斗與紗夜縱身一跳。

綺凜一按《芙墮落》的刀口，銀色的光芒隨即迸發。

接著綺凜拔出《芙墮落》的剎那，銀色閃光以綺凜為中心畫圓。所有變異戰體像時間暫停一樣停下了動作。

「這是……」

綾斗與紗夜落地，包圍三人的變異戰體胸口便緩緩錯位，隨即倒在地上——短暫片刻後，接二連三爆炸。

剛才這一刀讓變異戰體一分為二。

而且是一百架，所有變異戰體。

「好厲害……」

在此起彼落的爆炸火光中，紗夜流露心中的讚嘆。

《芙墮落》的刀身並非光刃，而是金屬製。微微散發銀色光輝，不過完全呈現日本刀的形狀。

「原來如此……這就是《芙墮落》，真是驚人。」

爆炎的另一端傳來冰冷的聲音。

現身的帕希娃表情像雕刻一樣，眉毛動也不動。她空虛的眼神僅僅注視綺凜。

「妳果然很危險，D的判斷是對的。無論如何都得在此地除掉妳。」
「……在這種情況下，妳還真從容呢。」
紗夜說著，同時以赫涅克萊姆的砲口對準帕希娃。
「從容……？怎麼會，我一直都全力以赴。否則我要怎麼贖罪呢？……噢，不過妳說得沒錯。以前的我的確充滿欺騙，所以現在我也要償還這份罪孽。」
帕希娃的混濁眼睛突然睜大，右手高高舉起。
飄浮在右上方的《贖罪錐角》跟著呼應，開始變形。原本外型像傾倒的杯子，現在杯底的荊棘包圍武裝，變成細長的外型。
「那難道是……！」
最早反應的是紗夜。
她扣下赫涅克萊姆的扳機，朝幾乎無防備的帕希娃開火。
時機很完美。伴隨轟鳴聲發生第二次大爆炸，爆風吹散了四處起火燃燒的變異戰體殘骸。
但是——
帕希娃已經不在原地，而是兩層樓上方的通道。
她的手中握著一支形狀有些扭曲的長槍，像是伸長的銳利荊棘。

（她什麼時候……？在那種情況下躲過紗夜的攻擊嗎……？）

「唔……那果然就是《聖槍》。」

紗夜懊悔地仰望帕希娃，如此嘀咕。

「《聖槍》是嗎？」

來到紗夜身旁的綺凜詢問。視線始終緊盯帕希娃的紗夜繼續開口。

「以前我聽過可疑傳聞。說《聖杯》……《贖罪錐角》有第二種型態，叫做《聖槍》。由於公布萬應精晶的特性是義務，任何人都能大致得知能力。這項說法源自某位學者驗證過資料後提出的假設。認為適合率超過一定數值，《贖罪錐角》的萬應精晶能力會扭轉。當然傳聞終究是傳聞，《聖槍》從未在實戰中出現，我也沒有太當真……」

以前在《獅鷲星武祭》的時候，的確針對《贖罪錐角》擬定不少對策。但是克勞蒂雅與紗夜都沒有提到這件事。代表這項傳聞的可信度相當低。

「能力扭轉的意思是，攻擊內容會產生變化……？」

《贖罪錐角》的能力是『奪魂』。發出的光芒沒有任何物理攻擊力，但碰到就會奪取人的意識。扭轉就代表——

「——審判之光，貫穿。」

「！」

帕希娃當場橫揮《聖槍》，隨即釋放雷射般的光芒，直撲三人。

三人迅速躲避，不過光芒輕易貫穿地面，引發爆炸。

「原來如此，反轉嗎？」

代表光芒具備物理性的攻擊力吧。

不過這樣應該足以應對。不如說只是變成普通的武器，綾斗甚至認為威脅性降低了。

結果下一瞬間被打臉。

「綾斗學長，危險！」

「什麼……!?」

宛如瞄準躲避光線後落地的綾斗，帕希娃一口氣縮短間距。她的速度快得非比尋常，綾斗的腹部差點遭到她刺穿。

刺擊發生在電光石火的瞬間。

而且她還連續使出。

「速度好快……！」

每一擊都沉重得出奇。即使以《黑爐魔劍》擋住並彈開，身體依然失去平衡。

這並非她的臂力。不，可能是因為純星煌式武裝——《聖槍》的功率大得離譜。

（功率竟然大到能壓制《黑爐魔劍》……!?）

「——審判之光，爆裂。」

「唔……！」

原以為已經躲過這一擊，結果瞬間膨脹的金黃色光芒炸飛了綾斗，眼看綾斗即將撞到地面，好不容易才落地。

她很強。

而且威脅極大。

雖然不及發動月華美人的尤莉絲，但至少與使用『式府混交』合而為一的魏嶽同等級，甚至更強。

和以前在《獅鷲星武祭》交手的帕希娃簡直判若兩人。

「——審判之光，貫穿。」

《聖槍》再度像子彈一樣，發射無數細小的金黃色光芒。

「天霧辰明流劍術——矢汰烏！」

綾斗揮舞《黑爐魔劍》迎擊，但帕希娃一邊發射光彈，更同時舉起《聖槍》。

（慘了……！躲不過這一擊……！）

「綾斗！」

紗夜沉痛的聲音響起，眼看帕希娃的刺擊逼近綾斗的喉嚨——

「喝！」

千鈞一髮之際，綺凜的《芙墮落》介入，擋住了《聖槍》。

「綾斗學長，紗夜同學！兩位請先走吧……！」

與帕希娃交鋒的綺凜，竭盡力氣表示。

「太亂來了！我們三人應付她都很勉強……！」

「我們的目的不是戰勝她！」

綺凜的呼喊打斷了紗夜的話。

「綾斗學長和紗夜同學有該完成的任務！這裡就交給我吧！」

「……」

見到綺凜的覺悟，綾斗將差點說出口的話吞了回去。

她說得很對。

綾斗等人是為了擊敗《處刑刀》，阻止他的暴行。

當然，綾斗、綺凜與紗夜三人聯手的勝算較高。但是肯定難以毫髮無傷，而且耗費愈多時間，計畫就愈接近失敗。再說即使三人聯手，顯然也很難在短時間擊敗帕希娃。

「沒關係……！況且當時我不是也戰勝了她嗎？」

一瞬間綺凜望向綾斗，露出惡作劇的微笑。

當年在《獅鷲星武祭》準決賽，與武曉彗戰鬥時。

綾斗與綺凜聯手都不敵《霸軍星君》。但綺凜以驚人的成長速度對應，最後終於獲勝。

「……我知道了。」

如此一來，綾斗也只能和當時一樣回答。

「我們走吧，紗夜！」

「唔，可是……唔……！沒辦法！綺凜，這裡就交給妳了！」

紗夜似乎還難以接受。不過緊咬牙根說完後，便與綾斗一同狂奔。

「——你們休想。」

帕希娃彈開綺凜，以《聖槍》的槍尖指向兩人。

金黃色光芒愈來愈亮，眼看即將釋放光芒洪流。不過綺凜的橫掃斬擊將帕希娃打飛到牆上。

「！」

綺凜以正眼的架勢手持《芙隳落》，指向撞上牆壁的帕希娃。

「沒聽見嗎？妳的對手是我。」

＊

——一年半之前。

「要拉攏她成為同伴……呣，真難得你會提出這種意見。」

馬迪亞斯注視顯示在空間視窗的帕希娃容貌，搓了搓下巴沉思。

眾人在飛行船內開會。

只有在討論相當重要的議題時，金枝篇同盟的成員才會碰面。

「以前我拉攏范星露的時候，你明明堅決反對。現在怎麼又回心轉意了？」

瓦爾妲注視狄路克，歪頭表示不解。

這應該不是諷刺，而是單純的疑問。即使知道她的意思，狄路克依然不爽。

「她不是同伴，只是棋子而已。」

狄路克毫不隱瞞焦躁回答後，手撐著臉瞪向瓦爾妲。

「但這只棋子很罕見，又很有能力。值得不惜多花點功夫得到。」

「多花點功夫，是嗎……」

另一方面，馬迪亞斯明顯話中有話。

「……你想表達什麼？」

「不是，只是心想你居然有這麼想要的人才。」

在狄路克惡狠狠的視線注視下，馬迪亞斯誇張地聳聳肩。

「嘉萊多瓦思排名第五，《聖杯》的使用者。具備準確的射擊技術，足以識破真偽的特異眼力。在團隊中擔任後衛十分完美……她的確很優秀，十分符合《優騎士》的別名。不過——有必要刻意拉攏她加入嗎？」

「我也有同感。帕希娃．嘉多娜的能力無庸置疑。但這種程度就足夠的話，還有其他人選吧。就算要當棋子，也沒必要非她不可。」

一如大致預料，兩人都表示反對。

不過也不能怪他們。在嘉萊多瓦思的帕希娃，一直貫徹團隊之一的責任。不論看哪部比賽影片，都能一眼判斷她的實力符合《始頁十二人》。但也僅止於此。

「哼，每個人都是有眼無珠的睜眼瞎子。」

狄路克語帶嘲諷，然後傳送資料到兩人的手機。

「這是……？」

「那是她以前在《研究所》的時候，在我隊伍裡的資料。」

兩人看了一會資料。

「哦，造物者之子的特殊成果嗎？雖然的確引人注目，但還是不算突出吧？」

先開口的是瓦爾妲。但是狄路克聽到她的答案，隨即一臉炫耀地嘆口氣。

「哎……妳終究是純星煌式武裝，根本看不清人類的本質。不知道就稍微閉嘴。」

反倒是馬迪亞斯一直沉默地盯著空間視窗。不久後抬起頭來，咧嘴一笑。

「……哈哈，原來如此。」

他似乎發現了。

「實際上根據這份資料，和她來到嘉萊多瓦思之後的形象差別不大。活用卓越的射擊能力，從團隊後方提供支援，是優秀的後衛。可是這一點很不對勁。」

「？哪裡不對勁？」

「沒什麼，其實非常單純。」

馬迪亞斯就像教導孩童的老師一樣，仔細向還一頭霧水的瓦爾妲解釋。

「聽好，這份資料顯示了《研究所》的造物者之子計畫是什麼，是嘗試以基因工程創造出與《星脈世代》同等體能的人類。而她是偶然透過基因工程創造出的《星脈世代》。」

「我知道。正因如此，帕希娃・嘉多娜與其他的創造者之子不同，具備優秀體能……」

說到這裡，瓦爾妲猛然抬頭望向狄路克。

「哼，終於發現了喔。」

「要知道，基因工程可是舊時代的技術。她可能是全世界唯一一個以這種技術強化的《星脈世代》。所以她應該具備優秀的體能，可是她為何使用射擊武器，堅持當後衛？」

沒錯。

追根究柢，帕希娃・嘉多娜的真本領應該是近身戰鬥。

她曾經在實戰測試中迎戰《碎星魔術師》勞德弗・佐波，並且活下來。這樣就足以看出她的資質有多麼優秀。

「等一下。意思是帕希娃・嘉多娜在狄路克的隊伍，或是在嘉萊多瓦思，從來沒有使出過全力？」

「很可惜，並非如此。」

對於瓦爾妲的疑問，狄路克搖搖頭回答。

「因為自己隊伍的夥伴全滅，造成了她的心理創傷。之後她非常忌諱近身戰鬥，不論威脅或是安慰，她都聽不進去。」

拉攏她加入自己隊伍的狄路克，也覺得當初非常失算。她的確是相當優秀的後衛，卻白白浪費強大的體能不用。當時狄路克一直這麼想。

現在卻改變了想法。

「瓦爾妲，妳應該能想辦法解決吧？」

「……原來花點功夫是這麼回事。拜託別隨便依靠我好嗎？」

瓦爾妲一臉錯愕地表示。但她沒有否定，代表有可能吧。

「那你有拉攏她的方法嗎？」

「這句話的意思是，你也贊成這個方案吧，馬迪亞斯？」

「嗯，我們的確缺乏人手。況且如果順利，發生什麼情況的時候，說不定是有趣的隱藏王牌。」

「是嗎？那就由我負責拉攏她，小事一樁。」

帕希娃的願望多半是粉碎《研究所》。但就算在《星武祭》奪冠，也沒辦法實現。準確來說是可以毀掉《研究所》，但很快就會有新的後繼組織。

只要針對這一點，要拉攏她輕而易舉。至少可以讓她願意聽我方的說法。之後有瓦爾妲在場，肯定能搞定她。

「我不希望增加自己的負擔，但我承認她是不錯的人才。有條件的話我就贊成。」

瓦爾妲似乎還不太情願，但是願意妥協。

「條件是？」

「目前帕希娃・嘉多娜的戰鬥能力還不明朗。在搞清楚之前，我無法完全贊成。」

她的意見很正確。

「妳要自己測試都行，我才不管。不過根據我的看法——」

說到這裡，狄路克停頓半晌。然後注視自己面前，總是一臉從容地微笑的男子。

「她可能比現在的你還要強，知道嗎？」

＊

「嗚……！」

綺凜好不容易以《芙墮落》架開帕希娃堪稱神速的刺擊。

在綺凜收刀準備反擊時，帕希娃已經遠離綺凜的攻擊間距。

而且她右手的《聖槍》尖端發出光芒。綺凜的腳邊隨即像間歇泉一樣，噴出金黃色的光芒。

「──審判之光，湧現。」

拔腿狂奔的綺凜躲避光束攻擊，但她身後又噴出好幾道光束窮追不捨。綺凜縱身一跳，落在第二層的通道部分，光束這才停下來。

「呼……呼……！」

雖然早就預料到，但她真的很強。

和以前在湖岸都市交手時完全判若兩人。

首先，速度簡直天差地遠。連在《獅鷲星武祭》與曉彗決鬥時，都沒有感受到這麼大的差距。總之她的速度快到離譜。如果綺凜沒有透過眼力，藉由星辰力預測她的行動，早就遭到《聖槍》貫穿了。這無法靠攻擊動作或防禦技術彌補，純粹是看見的世界不一樣。

還有《聖槍》發出的金黃色光芒也很難纏。與《聖杯》型態不一樣，不會一擊讓人暈厥。可是攻擊多采多姿，威力也很強大。若是星辰力和綾斗一樣強，或許還能承受。但綺凜要是挨了一擊，多半會立刻完蛋。

（可是我不能就此退縮……！）

綺凜重新集中精神後。在變異戰體的燃燒殘骸遍布的地面左躲右閃，同時逼近帕希娃。

「嘿！」

帕希娃以《聖槍》擋住綺凜使出的斬擊。而且擋住的並非刀身，而是刀尖。不論從上段往下砍，下段橫掃，甚至刺擊，帕希娃全都擋住了綺凜的刀尖。以前和她交手時，她就以槍擊撥開綺凜的太刀。現在的精準動作更加驚人，而且更甚當時。

帕希娃的眼力能看穿所有真偽，因此刀藤流奧義『連鶴』對她無效。既然無法靠假動作，綺凜只能從正面全力進攻——

「——審判之光，呼嘯。」

金黃色的光芒如風暴般形成漩渦，瞬間震飛了以《芙墮落》防禦的綺凜。

她如果像這樣暴力破解攻擊間距，綺凜也無計可施。

「喝！」

綺凜嘗試從攻擊間距外釋放劍氣，但帕希娃輕易躲避。

這也難怪。就算能釋放斬擊，只要被識破就是單純的飛行武器。如果能巧妙活用還另當別論，但對現在的帕希娃而言形同班門弄斧。

「——審判之光，追蹤。」

此時從《聖槍》發射出幾道光束，直撲綺凜。

綺凜試圖以奔跑躲避，結果光束在空中轉彎，追上逃跑的綺凜。

（竟然會追蹤……!?）

可能類似紗夜的四十一式煌型引導曲射粒子砲，瓦倫登赫爾特改的追蹤衝擊波。

無可奈何之下，綺凜停下腳步以《芙墮落》斬除光束。但是帕希娃瞧準破綻，一瞬間縮短間距。準確瞄準綺凜的喉嚨、心臟、心窩等要害，使出犀利刺擊。綺凜好不容易熬過，正準備轉守為攻時，帕希娃又迅速後退。

「……！」

這就是帕希娃的基本戰術。

善用《聖槍》的能力，營造對自己有利的距離與戰況。找到機會就一口氣貼近對手戰鬥，然後絕不窮追猛打。這種戰術穩健又毫無破綻，相當麻煩。

（但並非毫無機會……！）

綜合而言，帕希娃的實力比綺凜強，幾乎是輾壓級。但綺凜並非毫無勝算。

第一點是技術。帕希娃似乎使用嘉萊多瓦思流的長槍術，卻算不上熟練。當然每一擊都準確又強力，而且速度快得可怕。但她並未反覆修練，屬於學會理論後懂得使用的等級。若是以前的綺凜還很難說，但如今綺凜已經明白技術的精髓。所以現在綺凜不會害怕，能憑本領應付她。

另一點則是《芙墮落》的存在。這項純星煌式武裝原本只要儲存一個月的劍氣，就能和四色魔劍交鋒。如今儲存四個月後才釋放，面對多麼強大的純星煌式武裝，都不會屈居下風。

帕希娃力量如此強大，卻不以近身戰鬥和綺凜硬拚，應該就是防備這兩點。

（可是……）

「──審判之光，撕裂。」

帕希娃一揮《聖槍》後，這次光束一閃的速度遠超之前。

綺凜翻滾躲避這一擊，但是頭頂的牆面整塊被光束削掉。

每次帕希娃揮舞《聖槍》，光束就會連續發射。

「呼、呼……！」

持續躲避只要一恍神就會被劈成兩半的攻擊，連綺凜都開始喘氣。但帕希娃的呼吸絲毫沒有紊亂。

（如此一來，要瞄準機會也很難……！機會頂多只有一次或兩次……！）

拚命躲避光束，綺凜不時以《芙墮落》防禦，同時靜待良機。

這時候──

可能發現綺凜的動作變慢，帕希娃再度縮短間距。

比起斬擊，帕希娃更偏好突刺。這次多半也會以刺擊攻擊吧。

即使綺凜有千里眼，等預測後再行動也來不及。一旦選擇有誤，等待綺凜的就是喪命。

可是如果不抱持這種覺悟，是贏不了她的。

刺擊的軌跡是一個點。綺凜並未躲避，反而往前踏出一步。側身躲過這一擊後，以《芙墮落》往上一砍。

「……！」

《聖槍》幾乎同時擦過側腹，不過很淺。

當然綺凜也沒什麼砍中的感覺。帕希娃上半身也瞬間一扭，躲過了這一刀。她身上的軍服俐落地被砍裂，落在地上。不過裸露在外的結實身體，只有腹部出現一道淡淡的紅色痕跡而已。

（在那種情況下居然躲得掉……）

拉開距離的同時，綺凜再次讚嘆帕希娃的體能。

「……」

另一方面，帕希娃以漆黑的眼眸確認自己的腹部，然後緩緩望向綺凜。她的臉上絲毫看不出驚慌。

「原來如此，看來是我的判斷太天真了。那麼，就，沒有，辦法了……」

「……？」

帕希娃突然語氣混亂。但她的表情始終僵硬，毫無變化。

可是綺凜並沒有時間訝異。

「——審、審判之光，膨脹。」

帕希娃的右手使勁拉向身後，擺出架勢。非比尋常的龐大光芒從《聖槍》膨脹。

糟糕。

這一招非常棘手。

綺凜壓抑突然湧現的本能恐懼，縱身往上一跳。

「《聖槍》——發射！」

往前伸出的《聖槍》，發射與《聖杯》相同的金黃色洪流。

發射前一刻，綺凜一蹬天花板，勉強躲過這一擊。但光是餘波就震飛了綺凜，無法以受身減緩衝擊，背部撞上地面。

「噗哇……！」

不過綺凜目睹到的光景，卻讓她忘記了疼痛。

瞄準在空中的綺凜發射的光束，完全貫穿了地下區域的所有樓層，直達地表——甚至穿過了天空彼端的烏雲。

破壞力難以想像。
更難以置信的光景在等待綺凜。
「──審判之光，膨脹。」
「什麼……!?」
（第二砲……!?）
連射速度實在太快了。
帕希娃以剛才的相同動作手持《聖槍》。金黃色的光芒與剛才一樣愈來愈強。
（不行……!這種姿勢下無法躲避……!）
下一瞬間，《聖槍》發射的光芒洪流吞噬了綺凜。

＊

「……你說《聖槍》的第二型態？」
《光翼魔女》列媞希亞．布蘭查得一邊喝著紅茶，同時皺起眉頭。
「你說有事情想問我，怎麼會突然問這個？」
這裡是聖嘉萊多瓦思學園的學生會辦公室。

列娓希亞擔任學生會副會長，忙於工作已經是過去式。目前新的學生會成員應該在新任學生會長手下忙碌。

新任學生會長艾略特・佛斯達在辦公桌的另一側，露出傷腦筋的笑容。

「不，我當然也看過資料。可是光看資料有許多地方不明白……」

「知道帕希娃的任何情報了嗎？」

目前失蹤的重要夥伴是《聖杯》的使用者。這個時間點想知道《聖杯》的相關情報，肯定不會毫無關係。

列娓希亞從會客沙發投以試探的視線。結果艾略特靜靜地搖搖頭。

「不，不是這樣的。列娓希亞學姊不是和嘉多娜學姊的感情不錯嗎？我希望能找到某些相關線索。」

「……」

看不出他這番話是真是假。看來他也逐漸學會了內心戲。

剛就任學生會長的時候，他顯得有些心浮氣躁。如今他似乎有所成長，足以配得上這個位置。

「好吧，無妨。這間學園自從當初買下帕希娃，的確就由我照顧她，我應該比別人更了解她。」

首先想起的是當初見面時，她的表情僵硬死板。彷彿內心的熱情消磨殆盡，情感熄滅。一眼就看得出，她始終受到後悔苛責。

根據資料，她在《研究所》曾經是《惡辣之王》狄路克・艾貝爾范的手下，怪不得。因為她救不了其他的造物者之子，只有自己活下來。所以她才會持續責備自己吧。

正因如此，嘉萊多瓦思才會買下她，當作《聖杯》使用者候選人。

「嘉多娜學姊能使用《聖杯》的第二型態嗎？」

「怎麼可能。」

列娓希亞一口否定艾略特的蠢問題。

「如果你看過《聖杯》，也就是《贖罪錐角》的資料，就應該知道吧？第二型態的《聖槍》終究只存在於理論而已。」

「……嗯，也對。」

《聖杯》這項純星煌式武裝很強，卻非常難使用。必須內心負有強烈罪惡感，否則適合率很低。代價是心中持續抱持罪惡感，為贖罪感到痛苦。只有能承受這種心理壓力的人，才能操縱『奪魂』的光芒。

「理論上，適合率超過九十八％的人的確可以啟動《聖槍》。可是人類無法承受這麼強烈的罪惡感。」

「無法承受是什麼意思？」

「罪惡感包含某種程度的自我懲罰。一旦罪惡感達到極限，你覺得人會怎麼做？——會選擇自我了斷。」

「！」

真要說的話，贖罪是個人主觀的問題。世界上的違法犯罪可以用刑罰清算。客觀上而言，只要被害人願意原諒，就能畫上句點。但是能不能原諒自己又另當別論。有人完全不付出代價，就能忘記自己犯的罪，甚至有人根本沒意識到自己犯罪。反過來說，也有人即使獲得他人原諒，依然持續歸咎自己。

只有這樣的人才能使用《聖杯》。偏偏這樣的使用者又無法使用《聖槍》。因為罪惡感要提高到九十八％適合率的話，會選擇以自盡贖罪。

「據說《聖槍》型態的《贖罪錐角》，功率遠遠超越其他一流的純星煌式武裝，而且高得異常。代表《聖槍》能力追求的代價有多麼沉重。」

「提到《聖槍》的能力，是審判之光……與不具備物理干涉能力的《聖杯》光芒正好相反，好像具備超強破壞力吧？」

「沒錯。《聖杯》給予渴求贖罪的人罪孽，《聖槍》給予祈求審判的人制裁……愈使用《聖槍》的力量，使用者就會進一步受到罪惡感苛責。根據試算，只要使用一次《聖槍》的力量，就會增加使用者的求死念頭，甚至讓人當場咬舌自盡呢。」

換句話說，《聖槍》的使用代價就是死亡。

畢竟支付了這麼大的代價，當然強大。

但是得無視使用者不存在的事實。

「……」

「怎麼了嗎？」

見到艾略特陷入沉思，列媞希亞詢問。結果艾略特表情有些不安，望向列媞希亞。

「那麼……如果有可能從外部壓抑使用者的求死念頭，會怎麼樣？」

「就像統合企業財團的精神調整程式？不可能的。」

列媞希亞對艾略特的意見一笑置之。

「幹部可不是自願改造精神的。就算辦得到，頂多只能降低罪惡感，這樣沒有意義。」

罪惡感降低或許能打消人的求死念頭，可是這樣就無法使用《聖槍》了。

超越《星脈世代》的精神抵抗力，維持罪惡感又要壓抑求死念頭。連干涉精神系的能力者都做不到。

如果有純星煌式武裝的強大功率，或許另當別論。

當然——這對使用者而言可是活地獄。

心中維持必須以死贖罪的沉重罪惡感，還得持續受到苛責。

「是啊……抱歉，我問了奇怪的問題。」

艾略特起身表示歉意。

「謝謝學姊的意見，很有參考價值。我們一定會找到嘉多娜學姊——」

「……我曾經反對讓她使用《聖杯》。」

列娓希亞不由得喃喃自語。

即使不足以使用《聖槍》，《聖杯》這種純星煌式武裝也會強迫考驗使用者。即使帕希娃做好心理準備，自願擔任使用者，但她那種心力交瘁的人還是不該使用。

「反正我無法違抗高層的意思，所以無話可說。」

不過帕希娃依然在學生會辛勤工作，並且擔任蘭斯洛特隊的成員之一。日子一天天過去，她比當初剛被嘉萊多瓦思買下時開朗許多，也更像個人。至少在列娓希亞眼中是這樣——

「真是的……她目前究竟在哪裡做什麼呢。」

列媞希亞喝了一口已經完全冷掉的紅茶，深深嘆了一口氣。

＊

「嗚、嗚……！」

綺凜搖搖頭睜開眼睛，只見周圍堆滿了崩塌的瓦礫。

剛才似乎還暈過去一瞬間。

（記得……我以《芙墮落》擋住了光芒洪流……）

判斷自己無法躲避的綺凜，效仿綾斗試圖正面斬切《聖槍》的光芒。雖然躲過直擊，卻在光芒威力下彈飛撞上牆壁，然後——

「！」

撥開瓦礫後，綺凜一躍而起，帕希娃隨即劃破陰暗直撲而來。犀利的刺擊刺向綺凜前一刻躺的位置。

「妳果然，還，還，還活著嗎？」

帕希娃就像故障的人偶，生硬地轉動脖子望向綺凜。她的眼神似乎比剛才更混濁深沉。

綺凜暫時先跳出《聖槍》射穿的洞穴，再次回到大空間。

同時確認自己的傷勢，發現似乎斷了幾根肋骨，幸好雙手雙腳沒事。即使有數不清的撕裂傷與瘀青，但是都不嚴重。

這樣還能一戰。

「……好！」

目前還想不到如何對抗那股光芒洪流，但自己還沒輸。就算贏不了，也不能就此放棄。

綺凜以正眼的架勢手持《芙隳落》，等待緩緩爬出洞穴的帕希娃。

「真、真是頑強、呢……」

帕希娃以漆黑的眼眸緊盯綺凜，再度擺出往後蓄力《聖槍》的架勢。

光芒洪流即將再度撲向自己。

這很正常。如果能連續發射那種威力的攻擊，當然沒有理由不用。

「——制裁、之光……膨、膨脹。」

（躲避是最好的選項……但是不保證完全躲過……那麼！）

綺凜略為張開雙腳，降低重心，等待這一擊。

剛才是情急之下的判斷，準備不充分。

這次是自己主動，硬碰硬決勝負。

氣勢上不一樣。

「《聖槍》，發射……！」

金黃色光芒從《聖槍》中溢出，化為洪流直撲綺凜。

「喝啊啊啊啊啊啊啊啊啊啊啊啊啊啊啊啊啊啊啊啊啊啊啊！」

集中精神的綺凜使勁一劈，《芙墮落》的劍尖灑落銀色的光芒，壓制金黃色洪流。《芙墮落》的刀身在震動，支撐刀身的綺凜手臂在發抖，壓低重心的腳步陷入地面。

力量與力量的較量。

金色與銀色光芒的交鋒互不相讓，然後——

「嘿呀！」

《芙墮落》劈下的同時，金色洪流隨即消散。

（成功了……！）

綺凜與《芙墮落》在力量的較勁上獲勝——可是。

「納命，來。」

「糟糕——！」

光芒消失的同時，帕希娃已經逼近眼前。

以《聖槍》的能力營造對自己有利的情況，找到機會就上前近戰……這是帕希娃的基本戰術。自己明明知道這一點。

綺凜收回《芙墮落》，卻已經來不及。

情急之下綺凜扭動身體，試圖躲避。但帕希娃彷彿早就看穿這一點，使出的不是刺擊，而是斜向的袈裟懸斬。

從右肩到左側腹，綺凜被這一斬砍中，噴出鮮血。即使腳步踉蹌，綺凜依然竭力往後一跳，試圖躲避帕希娃的追擊。

「嗚、嗚……！」

這一擊對普通人而言是致命傷。即使是《星脈世代》，這種出血量很快也會昏迷。大概只能再抵抗不到五分鐘。

面無表情注視受傷的綺凜，帕希娃再度舉起《聖槍》。

——右手使勁伸向後方。

（毫不鬆懈嗎……）

這種狀態下肯定無法擋住那股光芒洪流。

就在綺凜感到絕望的同時，忽然發現一件事。

「——審判之、之、之光……膨脹。」

帕希娃的表情絲毫沒變，但是一道淚痕從她漆黑汙濁的眼眸滑落。

「——！」

這一瞬間，綺凜心中燃起前所未有的怒火。

自己之前怎麼沒發現呢。

其實帕希娃一直很痛苦。

在她冰冷僵硬的表情底下，一直，一直，一直在受苦。

現在的帕希娃看起來根本不像出於自己的意願戰鬥。

自己應該知道這一點。綾斗應該也一眼就看出來了。

綺凜生氣的對象不只是將帕希娃變成這樣的人，也包括看走眼的自己。

緊咬牙根的綺凜，懊悔自己思慮不周與不中用。

然後——下定決心。

「《聖槍》——發射！」

光芒洪流再度釋放。

但綺凜在發射前一刻跳起來。並非往上跳，而是旁邊——跳向牆面。

綺凜以圓弧軌跡在牆面奔馳，光芒洪流在後面窮追不捨。

然後綺凜從牆面跳向天花板，進一步跳過帕希娃，在她身後落地。

「——我要上了！」

卯足全力的綺凜，手中的《芙墮落》一閃。以《聖槍》擋住的帕希娃力量略遜一籌，踉蹌了幾步。

隨後綺凜接連使出上段與下段斬。不過帕希娃也不是吃素的，迅速撥開一刀又一刀。

帕希娃果然很強，值得敬佩。

正因如此，才無法原諒。

綺凜以前與許多強敵交過手。包括綾斗、阿爾第、曉彗——其中也有綁架芙蘿拉，使用影子的《魔術師》。以及久史塔伍・馬爾洛這種卑鄙小人。

但綺凜第一次感到這麼生氣。

這是在褻瀆尊嚴。

「喝啊啊啊啊啊啊啊啊啊啊啊！」

綺凜的斬擊愈來愈快。

但帕希娃依然擋下綺凜的所有猛攻。

——那該怎麼辦？

改為以單手持《芙墮落》後，綺凜一瞬間拔出插在左腰間的雛丸。右手雛丸，左手《芙墮落》，刀藤流原本沒有二刀流的技術。所以這完全是綺凜自己想出來，並且反覆鑽研而成。

以前擊敗久史塔伍的龍牙兵時，只考慮過多打一的情況——現在卻不一樣。

雛丸閃耀，《芙墮落》飛舞。

一點點，真的只有一點點，開始壓制帕希娃。

之前並非綺凜捨不得用二刀流。而是綺凜擔心雛丸無法承受與《聖槍》交鋒。即使是用慧國包（註1）打造的最上等大業物，再怎麼說都只是普通的日本刀。與力量如此強大的純星煌式武裝交鋒，當場碎掉都不稀奇。萬一真的發生了，下一瞬間綺凜肯定會遭到《聖槍》貫穿。

可是，現在煩惱這些沒有意義。如果現在不使出渾身解數，是贏不了帕希娃的。憑藉綺凜的技術，即使與《聖槍》激烈交鋒，依然能卸掉力量，以柔克剛化解衝擊。

在綺凜的腦海中，想起綾斗的父親正嗣某一天說過的話。

註1「國包」為伊達政宗的刀匠，本名「本鄉源藏」。在政宗過世後出家，法號「仁澤用慧」。

『——技術就是準確度。反覆磨練下，讓單純的揮刀達到至臻化境。』

「這、是……！」

綺凜的劍閃犀利度再度提升。

從『八橋』接『鼎』、『杜若』，接著是『鵲鴒』——

帕希娃陷入被動防禦，無力反擊。

乍看之下可能有點像『連鶴』，其實是不一樣的招式。

『連鶴』瞞不過帕希娃的眼力。

刀藤流『連鶴』的基礎，建立在利用呼吸、間距與視線等細微引導之上。阻止對手的反擊，單方面以劍技壓制對手。

所以——目前綺凜雖然利用『連鶴』的連段方式，卻並非『連鶴』。甚至不是『新·連鶴』。

真要命名的話——就以綺凜以前的愛刀，取名為『千刃鶴』吧。

目前綺凜以雙刀揮舞的無數斬擊，每一擊都使出渾身的力量。是現在的綺凜磨練的全力一擊。藉由『連鶴』的連段方式，使出綿綿不絕的連續攻擊——看起來比『連鶴』速度更快，就像摺出無數紙鶴一樣。

原本渾身解數的斬擊是無法像這樣反覆揮舞的。

唯有現在，連綺凜都超越了極限。

「啊、啊啊……啊啊啊啊啊──！」

依然面無表情的帕希娃淚流滿面，放聲嘶吼。

雛丸擋住《聖槍》，《芙墮落》使勁往上砍。

《聖槍》──《贖罪錐角》在空中旋轉飛舞。《芙墮落》與雛丸交錯，在帕希娃胸口斬出一道十字。

在《贖罪錐角》插入地面的同時，帕希娃跟著無力地倒臥在地。

這一刀勉強避免了致命傷。或許帕希娃心裡求死，但綺凜實在無法下手。

不過提到傷口深淺，綺凜也一樣，甚至更嚴重。如今已經無力行動。

換句話說──綺凜也同樣動彈不得。

「呼……」

綺凜無力地吁了一口氣，頹然跪倒。

感覺自己的意識迅速模糊。

「不好意思，大家……之後就……拜託你們了……」

與帕希娃同樣倒臥在地上，綺凜以氣若游絲的聲音嘀咕，隨後意識陷入深沉的黑暗中。

第七章 決戰《瓦爾妲＝瓦歐斯》

厄托那飯店的四十樓是行政酒廊，搭乘普通電梯最多能乘坐到此地。

席爾薇雅等人一走出電梯，便伸手制止恭敬迎接的酒廊侍者，然後三人走向通道後方。

通道盡頭是一扇特別豪華的大門。席爾薇雅舉起校徽，沉重的門扉便開啟。後方是一間設置了奢華沙發的等候室，更後方的牆面又有一臺電梯。

這臺電梯只連結兩層樓——四十樓到頂層四十二樓。由於四十一樓是管理區，可以說這臺電梯純粹只用來往返頂樓的圓頂型空中庭園。

「請、請問……現在問有點晚，但我真的可以一起進去嗎……？」

躲在席爾薇雅身後的若宮美奈兔顯得坐立難安。她不停左顧右盼，視線游移不定。

「六花園是Asterisk的聖域，只有學生會長才能進入吧……？聽說連統合企業財團的幹部都不能隨便進去……」

「呵呵，其實沒那麼誇張，就是一座庭園而已。所謂的六花園會議，也不過打著學生自治的口號，充其量只是象徵罷了。」

呵呵笑的克勞蒂雅說得很露骨。

不過她說得也是事實。擔任學生會長的克勞蒂雅與席爾薇雅都很清楚。其實六花園會議只是擺設，以『學生自行決定的事情』為名義躲避批判。當然也有議題在學生主導下，於六花園通過，營運委員會也會表示尊重。但更多議題是統合企業財團透過學生會長，在六花園會議推動。除了星露這種例外，學生會長也只能遵照財團的意思。

「最重要的是，沒想妳真的完全不過問就願意趕來。非常感謝妳。」

「因為以前受到席爾薇雅同學非常多照顧，這是當然的！」

克勞蒂雅一半錯愕，一半驚訝。美奈兔在胸前緊握雙拳，肯定地回答。

聽說因為她們搶不到決賽的門票，本來預定和隊友在自己房間內一同觀戰。

「好心總會有好報啊。哎呀，平常真該熱心助人呢。」

席爾薇雅以前的確稍微幫過美奈兔的朋友可羅艾，不過那是為了席爾薇雅自己——應該說是為了葵恩薇兒。

當然也有純粹助人為樂的一面，不求她的回報。不過考慮到各種因素，真的很感激美奈兔願意幫忙。

「不過我要再確認最後一次。如果往前進就真的無法回頭，而且必須與非常危險的敵人交戰。這樣妳也願意嗎？」

「這個……雖然我不清楚情況，但這次也是為了救人吧？」

克勞蒂雅表情認真地叮囑。美奈兔沒有直接回答，而是轉身望向席爾薇雅。

「嗯，沒錯。為了拯救我的重要對象，以及保護我重視的人們。無論如何都必須勇往直前。」

「那麼完全沒問題啦！我願意陪兩位前往任何地方！」

美奈兔表示，並且露出爽朗的笑容。

「……謝謝妳，美奈兔妹妹。」

她的內心絕不氣餒，率直純真。

即使在正式比賽中創下四十九連敗的不名譽紀錄，依然從未放棄，鼓起勇氣追逐夢想。

現在的她非常可靠。

「我知道了，那我應該也能放心依靠妳……那麼時間差不多到了，我們走吧。」

聽到克勞蒂雅的話後一瞧時間，決賽正好開打。

三人互望彼此，然後搭上電梯。

這一瞬間，心中莫名其妙想逃避。一股不想再往前走的強烈念頭，驅使三人立刻掉頭。

「！請、請問，席爾薇雅同學……！這是……！」

「原來、如此……這就是《瓦爾妲＝瓦歐斯》的驅逐領域嗎……！」

但如果內心堅定，並非無法抵擋。

席爾薇雅點了一下空間視窗，電梯門隨即關閉。短暫感到上升後，電梯門再度開啟。

面前的光景對克勞蒂雅與席爾薇雅而言十分熟悉。

水道縱橫交錯，五顏六色的花卉在細心呵護下燦爛綻放。庭園中央部分有座略高的山丘，還有一間涼亭。該處有一張模仿Asterisk的六角形桌。如果召開六花園會議的話，克勞蒂雅與席爾薇雅應該坐在一起。

不過這次的目標並非在談判桌上的權謀算計中取勝，而是真正的戰鬥。

「……《瓦爾妲＝瓦歐斯》，妳在這裡吧。何不快點現身？」

席爾薇雅的語氣很平靜，但是毫不隱藏敵意。結果前方不遠處的空間扭曲，《瓦爾妲＝瓦歐斯》——占據烏絲拉・思文特的純星煌式武裝隨即現身。

「咦!?怎、怎麼突然有人出現……!?」

「可能與剛才的驅人領域一樣。布下了結界干涉我們的意識，讓我們無法察覺她的存在吧。」

第一次目睹《瓦爾妲＝瓦歐斯》的美奈兔驚訝地睜大眼睛。雖然剛才簡單告知過《瓦爾妲＝瓦歐斯》的能力，但也難怪她會驚訝。三人中只有席爾薇雅實際與《瓦爾妲＝瓦歐斯》交手過。

關於這一點，臨危不亂的克勞蒂雅反而比較異常。

「想不到會有人闖進來。而且這個時間點……原來如此，妳們有計畫過呢。這時候我們的確無法向奧菲莉亞・蘭朵露芬下達指示。這麼說來，妳們也派人對付馬迪亞斯與狄路克了嗎？」

《瓦爾妲＝瓦歐斯》脫下遮住眼睛的長袍，露出暗藍色的秀髮。

從她的語氣，似乎立刻察覺三人的意圖。

「席爾薇雅・琉奈海姆，還有《潘＝朵拉》的使用者……記得叫做克勞蒂雅・恩菲爾德吧。還有……嗯，生面孔呢……不，等等。這股波動……是《重鋼手甲》？那就是若宮美奈兔了。」

仔細盯著每一個人，同時《瓦爾妲＝瓦歐斯》自顧自地喃喃自語。

「妳、妳也認識我嗎……？」

可能沒料到對方連名字都知道，美奈兔有點吃驚地退縮。

「哈哈……她似乎不是認識妳這個人，而是知道妳這位純星煌式武裝的使用者。」

「有必要的話倒不是不能記住，但我不太容易辨別人類。如果和同胞在一起，要認人就容易多了。」

對於克勞蒂雅的說法，《瓦爾妲＝瓦歐斯》毫不避諱地回答。

「──雖然問也是白問，但我還是問一下。妳們找我有什麼事？」

「當然是來阻止妳的計畫。」

席爾薇雅啟動劍型煌式武裝，揮一下確認正常與否。之前迎戰奧菲莉亞，導致無法再使用生命泉源。不過這支預備的劍型煌式武裝也是傑作，專為席爾薇雅仔細調整過。

克勞蒂雅也啟動《潘＝朵拉》，美奈兔跟著啟動《重鋼手甲》，蓄勢待發。

「阻止我們的計畫，是嗎……很可惜，這是不可能的。」

另一方面，《瓦爾妲＝瓦歐斯》並未備戰，而是悠然、平淡地繼續開口。

「我不知道妳們從何處、向誰套出情報，但我們的計畫早已啟動。奧菲莉亞只不過是最後一片拼圖。」

隨後遠方傳來劇烈爆炸聲響，腳下猛然晃動。

「這是……!?」

「看來開始了呢。」

隔著玻璃幃幕的圓頂牆壁望向外頭。只見 Asterisk 四處接連發生爆炸，冒出火光。

不，不對。

準確來說不是四處，主要是外側。

「妳做了什麼！」

「只不過是事先部署的變異戰體開始執行計畫。不過它們的目的是破壞交通機構與相關設施。別主動攻擊它們，就不會造成太多人員傷亡……但之後可就難說了。」

「……妳們想阻止民眾逃出 Asterisk 吧。」

克勞蒂雅似乎察覺他們的目的，瞪向《瓦爾妲＝瓦歐斯》。

仔細觀察後發現，受損嚴重的是港灣區，還有起降飛艇的簡易停機坪。

「腦筋動得真快，妳說得沒錯。如果具備特殊能力，也許可以用飛的，或是泳渡冬季的湖面逃過一劫……但那是極少數例外。目前在 Asterisk 的人，絕大多數都得成為奧菲莉亞的祭品。」

「妳休想得逞！」

話音剛落，席爾薇雅就衝上前，一劍砍向《瓦爾妲＝瓦歐斯》。

「我剛才說過了，妳們不可能阻止的。」

《瓦爾妲＝瓦歐斯》瞬間在右手產生黑色的巨大戰斧，擋住這一劍。

「唔……！」

席爾薇雅鼓足力氣，戰斧卻文風不動。《瓦爾妲＝瓦歐斯》甚至像伸手撥蒼蠅一樣，輕易震飛席爾薇雅。

烏絲拉是席爾薇雅的師傅，客觀來說也算強者。但她的臂力與現在的席爾薇雅不可能差這麼多。所以那可能是《瓦爾妲＝瓦歐斯》——純星煌式武裝輸出的武器之力。

「妳的能力本質是干涉精神吧？竟然還能這樣？」

雖然聽綾斗提過，想不到會這麼強。

「那當然，我可是神明的殘渣。應用這點力量根本輕而易舉。」

「神明……？又說得這麼誇張。」

席爾薇雅提高警覺，同時再度緩緩縮短間距。

這時候——

「我明白妳的心情，但妳衝過頭了喔。」

「我來助陣！」

克勞蒂雅與美奈兔上前，固守席爾薇雅的兩側。

「三打一嗎……雖然不覺得會輸，但還是為了保險起見。」

《瓦爾妲＝瓦歐斯》舉起左手，空間隨即像剛才一樣扭曲。大量擬形體——變異戰體跟著出現。

數量——

「大致上有二十架吧。」

「哇哇哇哇……！」

雖然早就料到，但是數量比想像中多。

「妳們的確很強，但那是以這個世界為基準。在我看來，終究是未開化世界的嬰兒。」

《瓦爾妲＝瓦歐斯》毫無情感的眼睛陡然發光。胸口的萬應精晶頓時發出漆黑光芒。

「我、我的頭……！」

「嗚……！」

一碰到黑色的光，美奈兔頓時捧著頭跪倒。

克勞蒂雅的表情也難受地扭曲，後退幾步。

《瓦爾姐＝瓦歐斯》釋放的黑色光芒，會直接干涉對象的精神。能夠竄改記憶或控制意識，甚至可以破壞人的精神。

「妳可別忘了，席爾薇雅・琉奈海姆。妳曾經是我力量的手下敗將。」

「真是……大言不慚……！」

席爾薇雅反駁的同時，拎起美奈兔的脖子往後退。

與《瓦爾姐＝瓦歐斯》拉開距離後，頭痛頓時減輕。但是黑色光芒的籠罩範圍以《瓦爾姐＝瓦歐斯》為中心，半徑大約十公尺，而且愈來愈強烈。連變異戰體都組成隊伍，圍繞在《瓦爾姐＝瓦歐斯》的身邊。

「妳們多半為了防止我們察覺，才派這麼少人行動……但是至少也該帶《黑爐魔劍》的使用者來。當然只要我拿出真本事，連四色魔劍都能封印。」

《瓦爾姐＝瓦歐斯》平淡地自誇，但她說的可能是事實。她是具備自我的純星煌式武裝，會奪取並操縱使用者身體。抬高自己，貶低別人照理說毫無意義；所以這句話對她而言，只不過是單純的事實。

——話雖如此。

「哈哈……！」

即使在頭疼之下皺眉，席爾薇雅依然無畏地大笑。

「……有什麼好笑的？」

「沒什麼，只是覺得……妳也太小看《戰律魔女》了吧……！」

席爾薇雅的聲音帶有幾分挑釁。《瓦爾妲＝瓦歐斯》即使面不改色，聲音依然有些訝異。

「的確……我們《魔女》的力量不及妳們純星煌式武裝……！可是……以前在Asterisk……有一位《魔女》的力量足以顛覆這種常識……！妳應該知道她是誰……！畢竟她曾經是馬迪亞斯・梅薩……《處刑刀》的搭檔……！」

「妳說、什麼……？」

最近為了調查金枝篇同盟的線索，收到赫爾加提供了《蝕武祭》的資料——席爾薇雅才知道這一號人物。

八薙草朱莉，曾與馬迪亞斯・梅薩組隊，在《鳳凰星武祭》稱霸的《魔女》。

雖然她贏得《鳳凰星武祭》冠軍，但所有比賽都由馬迪亞斯輾壓對手。所以她在正式舞臺上沒有留下太多紀錄。不過兩人唯一一次同時在《蝕武祭》登場的時候，朱莉發揮過《魔女》的力量。

她的力量給人莫大的衝擊。即使朱莉從未進過排名，但據說見過《蝕武祭》那場比賽的人，私底下都這樣稱呼她。

——說她是《凍傑魔女》。

「妳當然也知道我的能力吧……？以歌聲為媒介，引發各種現象的萬能力量……！所以說……！」

「難道……！」

席爾薇雅深吸一口氣，隨即高聲唱歌。

「第三度冬季來臨　森羅結凍　萬象冰封」

周圍的萬應素活動同時一口氣減緩。

正牌的《凍傑魔女》能力相當強大，能完全停止效果範圍內的萬應素活動。不只《魔術師》或《魔女》的能力，連煌式武裝與純星煌式武裝都依靠轉換萬應素。所以萬應素停止活動後，不僅無法使用能力，連煌式、純星煌式武裝都會失效。

席爾薇雅的能力堪稱萬能，不過想達成目標的難易度會影響消耗的星辰力。如果直接模仿《凍傑魔女》的能力，星辰力轉眼間就會消耗殆盡。加上她的能力有效時間與唱歌時間成比例。一旦唱出歌聲，萬應素停止活動的話，歌聲效果也會跟著消失。這會導致效果範圍狹小，持續時間也過短。

「寒冰之風引導時間　寒霜之劍引導動靜　寒冬之狼引導世界　進入夢鄉」

所以席爾薇雅改成不停止萬應素，而是減緩活動。

「這是……！」

《瓦爾妲＝瓦歐斯》第一次露出狼狽的模樣。

計畫成功了。

原本籠罩整座空中庭園的黑色光芒從邊緣分解，隨後變淡消失。因為萬應素的轉換跟不上，這不是提高功率就能解決的問題。

「遲鈍減緩延滯　萬千生命　在第三度冬季沉默幽閉吧──！」

現在萬應素的活動降低至平時的十分之一。

「席爾薇雅，變異戰體就交給我們。」

「請上吧，席爾薇雅同學！」

克勞蒂雅與美奈兔表示後，兵分二路迎戰包圍四周的變異戰體。連還擊的變異戰體動作都有些遲緩。理所當然，擬形體的動力源也是萬應礦，在這種情況下難免降低功率。

當然克勞蒂雅的《潘＝朵拉》與美奈兔的《重鋼手甲》也幾乎無法啟動能力。

但兩人的實力夠強，即使一打多，也不會輸給現在的變異戰體。

接下來就剩下——

「……算妳狠，席爾薇雅·琉奈海姆！」

與剛才完全相反，《瓦爾妲＝瓦歐斯》眼神充滿怒意地一劈。

不過她右手的戰斧剩不到剛才的一半。這一劈很犀利，卻並非擋不住，似乎連她的本體功率都跟著降低了。

「妳散發的情緒倒是很像人類嘛……！」

唱完歌的席爾薇雅擋住這一擊，同時反脣相譏。《瓦爾妲＝瓦歐斯》咂了一聲舌，往後一跳。

「雖然不願意，但似乎是這樣。因為面對妳們人類的情感這麼長時間，難免如此。」

「哦，原來妳受到感化啦！」

側身墊步的席爾薇雅做出假動作，朝右方身軀橫掃。《瓦爾妲＝瓦歐斯》以左手產生的漆黑斧頭擋住這一劍。雙斧攻擊——既然無法以大功率壓人，才想以武器數量較勁。

「這不是感化，而是適應。我再重複一次，其實我非常不願意這樣！」

斧頭從上下左右來襲，席爾薇雅一步也不退讓，擋住攻擊。

雖然速度比記憶中的攻勢更快，招式卻十分熟悉。

席爾薇雅以劍架開《瓦爾妲＝瓦歐斯》從右劈下的斧頭。面對瞄準軸足，從左方橫掃而來的斧頭刻意站穩腳步，以手肘擋住她的手臂。即使黑色光刃擦過肩頭，席爾薇雅也不以為意，全力一腳踹中《瓦爾妲＝瓦歐斯》的腹部。

「噗哇……！」

眼看《瓦爾妲＝瓦歐斯》被打飛，席爾薇雅正要上前追擊。但《瓦爾妲＝瓦歐斯》立刻恢復平衡，丟出雙手的斧頭牽制。這種攻擊當然打不中，席爾薇雅輕易彈開，正準備趁大好機會砍向失去武器的《瓦爾妲＝瓦歐斯》時——

「！」

早就蓄勢待發的二連反擊撲向席爾薇雅。空手的《瓦爾妲＝瓦歐斯》使出犀利的手刀，嚓一聲削過席爾薇雅的臉頰與側腹，幸好傷勢不深。

即使受傷，依然再度拉開距離。

「對了，記得烏絲拉的體術也超強……我沒有忘記，只是一下子沒想起來。」

然後席爾薇雅以拳頭一抹臉頰上的血。

「真是的……」

《瓦爾妲＝瓦歐斯》的雙手再度產生斧頭，但是速度極慢。

「以妳們的話形容，這種情況下就像閉氣戰鬥。真是的，居然耍這種小聰明。」

「如果看過我和奧菲莉亞在半準決賽的決鬥，應該會知道。別看我這樣，我可是會仔細擬定對策的。尤其是曾經輸過的對手。」

減緩萬應素活動的效果似乎比想像中更好。

不過歌聲的效果無法維持太久。

當然也可以再使用同一招，但是難免產生延遲。《瓦爾妲＝瓦歐斯》肯定不會放過這個機會。

「哼……妳還不是輸給奧菲莉亞，居然有臉吹牛。」

「哈哈，被這樣嗆還真的無話可說……嘿！」

所以現在只能一鼓作氣分出勝負。

席爾薇雅以下段姿勢持劍，使勁往上一砍。

「嘖……！」

《瓦爾妲＝瓦歐斯》雙手的斧頭交叉，擋下這一劍。不過席爾薇雅一劍刺向中門大開的腹部。情急之下，《瓦爾妲＝瓦歐斯》抽回被彈開的右手勉強擋住。但席爾薇雅隨即使出準確無比的連擊，連續進攻。

綜合來說，目前席爾薇雅的近戰技術占了上風。有可能直接壓制她。

「妳的攻擊……！還真是不留情啊……！」

陷入被動防禦的《瓦爾妲＝瓦歐斯》低聲開口。

「不過妳確定要這樣……？這具身體不是妳的重要對象？」

「啊……？」

一聽到這句話，席爾薇雅頓時爆怒。

「唔————！」

《瓦爾妲＝瓦歐斯》勉強擋下席爾薇雅卯足全力的橫掃，但沒有完全擋住，被餘威彈飛後滾落在花朵盛開的花壇上。

「……事到如今，還想拿她當人質？」

席爾薇雅壓抑湧上心頭的怒火，緩緩縮短距離。

「可不可以別小看我？以為我站在這裡的覺悟這麼膚淺嗎？我不會再猶豫了。如果有必要的話，我會砍斷妳的一兩隻手腳。幸好這座城市有治癒能力者，砍斷也接得回去。」

《瓦爾妲＝瓦歐斯》搖搖晃晃起身，同時舉起斧頭。

「即使最後烏絲拉恨我，討厭我或嫌棄我都無所謂。我會盡全力道歉，並且補償她。即使她不願意原諒我都行——我只想救烏絲拉回來，就這樣。」

「……是嗎？妳們人類果然難以理解！」

話聲甫落，《瓦爾妲＝瓦歐斯》冷不防衝上前襲擊。

不過席爾薇雅輕易躲過這一擊。擦身而過之際砍傷了《瓦爾妲＝瓦歐斯》的雙腳。

「──！」

然後席爾薇雅以光劍抵住一聲不響倒下的《瓦爾妲＝瓦歐斯》。

即使《瓦爾妲＝瓦歐斯》本身是純星煌式武裝，但她的活動是以奪取的人體為基準，只要讓她不良於行，她就無法逃跑。何況現在《瓦爾妲＝瓦歐斯》的能力大幅受限。

如此一來，終於──

「……妳現在鬆懈了吧？」

「!?」

這一瞬間，《瓦爾妲＝瓦歐斯》的萬應精晶發出漆黑光芒。

遠比之前微弱的光芒的確引發強烈頭痛。但是對席爾薇雅而言，只露出短暫破綻。

可是。

「一瞬間就夠了。在這個距離，這個間距，只要能讓妳產生一瞬間的破綻……」

隨後《瓦爾妲＝瓦歐斯》的本體——相較於烏絲拉的身體，大得離譜的機械首飾就像活的一樣扭動，觸手般的索線伸向席爾薇雅的脖子。

裝飾在中央的萬應精晶發出詭異的光芒，席爾薇雅的意識就此中斷。

＊

正好在美奈兔擊敗第八架變異戰體時，發現四周的萬應素活動復原了。

「這……」

美奈兔望向庭園後方。發現呆站著的席爾薇雅腳邊，倒臥著暗藍色秀髮的女性。

意思是席爾薇雅獲勝了吧。根據剛才瞥見的戰況，她似乎始終輾壓對手，不愧是我們葵恩薇兒自豪的《戰律魔女》。

「席爾薇雅同——」

開口一喊的美奈兔，發現轉過頭來的席爾薇雅表情，不由得僵住。

以前從未見過她的表情如此冰冷又死板。

「咦……？」

一股強烈的不祥預感在腦中流竄。

「恩菲爾德同學！不好意思，接下來拜託您了！」

美奈兔以《重鋼手甲》一擊打飛兩架變異戰體，交給克勞蒂雅應付，然後急忙衝上前。

「等等，若宮同學……!?請等一下……！」

雖然聽見背後傳來制止的聲音，但美奈兔已經先採取行動。

「席爾薇雅同學！」

「……」

即使衝過去的美奈兔呼喊，席爾薇雅依然沉默。

她的胸口戴著趴在地上的女性剛剛配戴的首飾。

雖然在完全不過問的條件下前來助陣，但美奈兔好歹知道敵人的情報。

這種純星煌式武裝有干涉精神的能力，據說會奪走配戴者的身體——難道。

難道真的發生了嗎？

「——真是意想不到的寶物。」

嘴裡喃喃自語的聲音清脆又美麗，毫無疑問是席爾薇雅的聲音。

可是卻不太一樣。

美奈兔不知道怎麼形容，但有決定性的差異。

「原以為用來緊急避難，脫離現場十分足夠。想不到適合率這麼高……而且還是《魔女》。」

右手反覆一開一闔的席爾薇雅，撿起掉在地上的劍型煌式武裝並表示。

「正好，若宮美奈兔，在我習慣這個身體前，陪我過兩招吧。」

「！」

劍刃閃閃發光，以快得看不清的斬擊直撲美奈兔。

美奈兔以《重鋼手甲》撥開這一劍，往後一跳拉開距離。同時緊盯席爾薇雅——不，她胸前的純星煌式武裝。

「妳真的……不是席爾薇雅同學吧……！」

「沒錯，我是《瓦爾妲＝瓦歐斯》。身為遭到捨棄的同胞的先行者，我要整頓這個世界。」

話一說完，《瓦爾妲＝瓦歐斯》便使出激烈的連擊。乍看之下像連續從上段往下砍兩次，劍尖卻華麗一轉，變成從左往右橫掃。接著是逆袈裟——每一劍都擺明了要置美奈兔於死地。

（在劍的攻擊間距內很危險……！得切入她的懷中才行……！）

以前美奈兔從未與席爾薇雅交手過。

但她也知道，排名第一的席爾薇雅有多強。

第一次遇見席爾薇雅已經是兩年多以前了。當時美奈兔還不成熟，席爾薇雅是幫助自己重要夥伴的恩人。若是當時的自己，肯定不是她的對手。

不過相較於當時，美奈兔變強了不少。不僅在魎山泊與星露施行嚴苛的修行，現在還有強力武器《重鋼手甲》。何況雖然在《王龍星武祭》沒有獲勝，自己也和天霧綾斗打得有來有回。

「所以我應該也可以……！」

美奈兔鑽過橫一文字砍向自己脖子的劍刃，然後身體扭轉，朝對方的胸口使出反手拳。

玄空流──『螺鐵』。

「哦。」

在《重鋼手甲》的能力之下，超重拳頭連同身體打飛《瓦爾妲＝瓦歐斯》。但這一拳完全被她擋住了。話說明明衝擊力不弱，《瓦爾妲＝瓦歐斯》卻面不改色。

「《重鋼手甲》的能力是改變質量吧。原來如此，妳用得十分得心應手，以使用者而言還不錯。」

「受到妳誇獎也不會感到高興……！」

美奈兔繞到《瓦爾妲＝瓦歐斯》的側面縮短距離。然後單腳一躍，旋轉身體揮出一拳。

玄空流——『旋破』

《瓦爾妲＝瓦歐斯》卻上半身一仰，輕而易舉躲過這一擊。不過美奈兔還是使出後迴旋踢接肘擊的連段攻擊。

卻依然打不到。

宛如預料到美奈兔的攻擊，《瓦爾妲＝瓦歐斯》全部躲過。

「……果然沒錯。」

不久後《瓦爾妲＝瓦歐斯》喃喃自語，並且輕易反擊美奈兔的掌打。

「唔……！」

左手被砍出一道傷口，痛得美奈兔皺眉，暫且後退。

這一斧砍得很深。出血也很嚴重，導致手不靈活。

「若宮美奈兔，妳從剛才就只瞄準我的本體吧？」

「！」

她說對了。

就算遭到奪取，身體依然屬於席爾薇雅。即使知道這一點，依然無法說攻擊就攻擊她。

「別害羞。根據我學到的知識，人類當然會有這種情感。不如說席爾薇雅·琉奈海姆這種毫無猶豫的人比較異常。」

《瓦爾妲＝瓦歐斯》的聲音帶有幾分滿足。

「沒錯，這樣就對了。妳們人類就應該這樣。依照我的想法行動，服從我的念頭即可。這樣就對了。」

「開什麼玩笑！我們才不是妳的傀儡！」

美奈兔氣得反駁，《瓦爾妲＝瓦歐斯》卻充耳不聞。

「好，接下來也試試這一招……」

然後《瓦爾妲＝瓦歐斯》深吸一口氣——

「我們會打破壁壘　在極限的彼端跨越境界　不畏懼傷口　奔跑吧　奔跑吧」

從她口中唱出熟悉的歌聲。

這是席爾薇雅必唱的曲子，會強化自身體能。可以感受到萬應素呼嘯，在《瓦爾妲＝瓦歐斯》身邊席捲。

「她連歌聲的力量都會……!?」

驚訝的美奈兔鬆開按住左手傷口的右手，舉起拳頭。

如果她還能活用席爾薇雅的能力，代表——

一邊唱歌，《瓦爾妲＝瓦歐斯》同時奔跑。

她的速度比之前快得多。

神速斬擊直撲美奈兔的心臟。

「唔……！」

降低《重鋼手甲》的重量，讓手臂變得靈活，才勉強擋住這一劍。不過靠一隻手還能擋多久呢。

可是——

「因為光靠意念無法追上　因為只憑願望無法超越　才要竭盡全力　超越顛峰」

「妳不准……唱這首歌！」

美奈兔以《重鋼手甲》彈開光刃，使出一記足掃。

玄空流——『鐮輪』。

可能沒料到這一招。即使沒有命中，《瓦爾妲＝瓦歐斯》依然躲開攻擊間距。

「那首歌是屬於席爾薇雅同學的！」

不用說美奈兔也知道，唱歌對席爾薇雅有多重要。不，任何人只要聽過一次席爾薇雅唱歌，就能發自內心理解。

《瓦爾妲＝瓦歐斯》唱的歌聲、歌曲雖然與席爾薇雅相同，但聽起來完全不一樣。席爾薇雅唱歌能給予聽眾勇氣，鼓勵並溫暖聽眾。但《瓦爾妲＝瓦歐斯》唱歌只讓人感到空虛。

「妳在胡說什麼？歌不就是歌嗎？只要音階沒唱錯，具備適當技術唱出來，有什麼不一樣？就像這樣——」

《瓦爾妲＝瓦歐斯》停止唱強化體能的歌後，唱出別的歌曲。

「讚美吧　稱頌吧　英靈凱旋歸來　銀白鎧甲閃亮　如今軍門　就在我們面前」

（這首歌是……！）

是振奮人心，鼓舞靈魂的戰歌。

萬應素呼嘯，隨後在《瓦爾妲＝瓦歐斯》身後出現無數發光閃耀的人影。是沒有面孔，張開身後的翅膀，高舉長劍的少女。

上屆《王龍星武祭》決賽中，席爾薇雅迎戰奧菲莉亞時唱過這首歌。功能是召喚自己的仿身戰鬥少女。當時美奈兔也緊盯空間視窗，全神貫注轉播畫面。

「上天指示道路　向劍戟祈禱　向刀刃許願　高聲唱出雄渾的歌聲！」

幾十名戰鬥少女一起直撲美奈兔。

「不過這種程度……！」

美奈兔以《重鋼手甲》彈開來自四面八方的光刃，打倒並踢飛戰鬥少女。雖然勉強熬過攻勢——但依然陷入數量劣勢。無法完全擋住的攻擊砍中美奈兔的手臂與腳。

「呼……！呼……！嗚、嗚……！」

不久後歌聲效果停止，戰鬥少女消失後，美奈兔已經遍體鱗傷。

幸好美奈兔針對《獅鷲星武祭》反覆練習過一對多，而且練到快吐出來，才得以免於致命傷。

「嗯，差不多就這樣吧。已經充分確認《魔女》的能力了，接下來……」

《瓦爾妲＝瓦歐斯》丟掉劍型煌式武裝後，對站得很勉強的美奈兔發出黑色光芒。

「嗚嗚……！啊啊啊啊啊啊啊啊！」

彷彿有東西在頭腦內亂竄的劇烈頭痛，疼得美奈兔當場跪地。

「很好，能充分發揮我的力量。真是太好了，以前都沒有附身過這麼理想的身體。」

《瓦爾妲＝瓦歐斯》似乎已經失去興趣，滿足地嘀咕。然後看也不看美奈兔，高舉從手中產生的黑色斧頭。

眼看她即將朝美奈兔的脖子砍下去時——

「唔？」

一道光刃劃破風勢飛來，直撲《瓦爾妲＝瓦歐斯》。

《瓦爾妲＝瓦歐斯》輕易彈開。但可能略為轉移注意力，黑色光芒略為減弱。

「真是的……剛才不是叫妳等一下嗎？」

美奈兔只覺得身體輕飄飄浮起，原來不知何時被克勞蒂雅抱離原地。

「……是克勞蒂雅．恩菲爾德嗎？」

有些戒備的《瓦爾妲＝瓦歐斯》舉起黑色斧頭。克勞蒂雅則依然從側腹摟著美奈兔，一蟄步脫離《瓦爾妲＝瓦歐斯》的黑色光芒範圍。剛才《瓦爾妲＝瓦歐斯》彈開的光刃——克勞蒂雅使用的雙劍型純星煌式武裝，《潘＝朵拉》的其中一支——在空中旋轉落下後，正巧落入克勞蒂雅手中。

彷彿克勞蒂雅早就知道會落向該處。

「因為妳將變異戰體塞給我，我才多花了點功夫搞定。不然可以更早一點解決它們喔？」

仔細一瞧，所有變異戰體都已經徹底損毀，一架不剩。

「知道嗎？若宮同學還有妳自己才能達成的任務，所以麻煩乖一點好嗎？」

像教訓小孩一樣叮囑後，克勞蒂雅將美奈兔放在地上。

「只有我才做得到……不、不對，難道您要獨自面對那種對手？至少也該兩人聯手……！」

剛才美奈兔無視克勞蒂雅的制止，獨自衝上前攻擊。或許她沒資格這麼說，但《瓦爾妲＝瓦歐斯》甚至能使用席爾薇雅的能力，實力非同小可。即使不知道美奈兔現在能發揮多少作用，但至少可以當誘餌。

「看妳傷痕累累的身體，拜託別開玩笑。不用擔心，我一個人也能想辦法。」

美奈兔右手使勁，試圖撐起身體，卻聽到克勞蒂雅說得輕描淡寫。

「咦……？」

「妳應該知道，其實我也很強喔。」

仰頭一瞧，美奈兔見到克勞蒂雅微微一笑。

其實美奈兔也知道，克勞蒂雅在星導館學園也是屈指可數的強者。她是學生會長，別名《千見盟主》，排名第二。使用能預知未來的強力純星煌式武裝《潘＝朵拉》，上屆《獅鷲星武祭》稱霸的恩菲爾德隊隊長。不只在星導館，在整座Asterisk

都具備頂級實力。

不過在美奈兔看來，一個人不足以應付現在的《瓦爾妲＝瓦歐斯》。

「若宮美奈兔說得沒錯，克勞蒂雅・恩菲爾德。妳的確很強，但依然比不上席爾薇雅・琉奈海姆。現在的我有純星煌式武裝的力量，再加上席爾薇雅・琉奈海姆的能力，妳沒理由贏我吧？就算有《潘＝朵拉》的預測未來能力也一樣。」

《瓦爾妲＝瓦歐斯》平淡地開口。

宛如在說這是鐵一般的事實。

「呵呵，非常感謝妳特地提醒我——對了，我可以問妳一個問題嗎？」

另一方面，克勞蒂雅依然保持距離，詢問《瓦爾妲＝瓦歐斯》。

「……什麼問題？」

「你們金枝篇同盟的目的啊。我們已經知道，你們要利用《孤毒魔女》的力量，殺害所有 Asterisk 的人。」

「!?」

聽到這項驚人情報，美奈兔睜大眼睛愣住。

即使知道發生某些不得了的大事，想不到……想不到會這麼嚴重。

「但那是其中一種手段吧，你們之後的目的就不得而知了。」

克勞蒂雅詢問之下，《瓦爾妲＝瓦歐斯》沉默了一段時間，才緩緩開口。

「算了，無妨。如今妳們就算知道……不對，任何人即使知道，都已經無力回天了。」

這時候，《瓦爾妲＝瓦歐斯》抬頭望天──隔著玻璃仰望陰天。

「妳們知道什麼是萬應素嗎？知道我們是什麼嗎？沒錯，妳們不知道。其實妳們一無所知……因為我們是棄民。」

「……棄民？」

「沒錯，妳們稱呼另一側的世界，是充滿萬應素的世界，神明真實存在的太陽系。萬應素就是眾神的氣息。妳們人類只要活著就會呼吸，持續呼出二氧化碳吧？同樣地，只要神明存在，就會產生萬應素。」

《瓦爾妲＝瓦歐斯》的聲音彷彿在懷念遙遠的往事。

「萬應素是非常有用的元素，妳們如今也在利用。可是也有限度。任何生物在萬應素濃度過高的場所都無法維持生命。另一側充滿生機的世界不像這個世界這麼荒蕪，還充滿死亡。但是萬應素太過充沛了。」

圓頂外頭的 Asterisk 市區還不時傳來爆炸聲。代表嚴重危機依然是現在進行式。

但是美奈兔卻仔細聽《瓦爾妲＝瓦歐斯》的說詞。

「神明的力量愈強，就產生愈多萬應素。在那個世界，寄宿於太陽的主神擁有最強大的力量。即使主神長時間陷入沉睡，依然持續產生龐大萬應素。因此愈靠近太陽，萬應素濃度愈高，導致水星已經不適合生物居住。」

「之前水星有生物啊……？」

克勞蒂雅驚訝地一揚眉梢。

「我說過了，那個世界的宇宙生機盎然，每一顆星球都寄宿一尊神明。在行星範圍內，神明的力量非常大。神明追求信仰自己的生物，並提供庇護。有時候也會一時興起，降下神罰，但神明大致上會保護生物。因此那個世界所有太陽系的行星都有人類居住。不，這麼說不準確。如今水星已經無人，連金星都有危險。」

說到這裡，《瓦爾妲＝瓦歐斯》第一次露出憂愁的表情。

「……那個世界的地球神要保護自己星球上的人類，於是神明採取大規模手段。如果萬應素增加過多，那就排放掉。排放到不同世界，不同的宇宙去……也就是這個世界。換句話說，妳們這個世界是萬應素的垃圾場。」

「怎麼會……那如果這個世界的萬應素濃度持續上升，會導致人類無法居住……？」

美奈兔不知不覺說出口。

「沒錯，再過幾百萬年、幾千萬年，或是更長的時間，可能總有一天會那樣……但即使神明擁有無比強大的力量，也不容易打破世界的壁壘。因此採取利用隕石質量的轉移法術。說到這裡，妳們應該明白了吧？」

「是指《落星雨》，對不對？」

克勞蒂雅回答後，《瓦爾妲＝瓦歐斯》大方地點頭。

「透過《落星雨》開啟了『孔穴』，如今萬應素依然從那個世界流入妳們的世界。我們萬應精晶則是從萬應素結晶化形成。由於我們是神之力的殘渣，純度越高就能像我一樣產生意識，還能使用能力。以前有純度比我更高的同胞——不用透過人類的力量就能活動，堪稱神明的終端，但如今已經沒了。正因如此，我必須引導，我必須整頓。」

「……整頓？」

克勞蒂雅平靜地發問。

《瓦爾妲＝瓦歐斯》輕輕哼了一聲，張開雙臂。

「讓這個世界更適合我們居住，更方便我們活動。我們已經無法回到那個世界，就算回去也沒有容身之處。由於我們已經遭到捨棄，除了改造這個世界以外有別的方法嗎？」

「怎麼這麼自私……」

這簡直就是侵略。

「可別誤會了。我們的願望是共存，與妳們《星脈世代》共存。」

「考慮到妳們想做的事情，我一點都不這麼認為……」

「這是事實。幾乎不存在像我這種單獨行動的萬應精晶。許多同胞必須藉助人類的力量，獲得外殼與結構才能活動，也需要使用者。」

聽到這句話，克勞蒂雅表情嚴肅地沉思。

過了一段時間後，似乎為了確認而提問。

「……妳所謂的共存，只是針對《星脈世代》而已吧？」

「沒錯，我們不需要妳們口中的普通人……也就是古老的人類。他們反而是害蟲。他們──代表他們的統合企業財團無法接受我們。」

「原來如此，我終於發現妳們……不，妳的目的了。」

「哦？說來聽聽。」

《瓦爾妲＝瓦歐斯》的口氣像是在測試。

克勞蒂雅緊盯《瓦爾妲＝瓦歐斯》，然後回答。

「妳想挑起普通人與《星脈世代》之間的決定性紛爭──也就是衝突。而且衝突愈嚴重愈好，最好沒有回頭路。」

「什麼……！」

聽到難以想像的回答，美奈兔啞口無言。

「雖然大同小異，但大致上是這樣。我追求將來由《星脈世界》控制這個世界。」

「大同小異，是嗎？」

「在我們看來，等於解放妳們《星脈世代》，擺脫普通人的壓迫。」

《瓦爾妲＝瓦歐斯》一副施恩於人的態度，她似乎是認真的。

「雖然很想拜託妳別雞婆，但妳肯定聽不進去吧。不過現在我明白了，為何這孩子從未讓我做過關於本次事件的惡夢。因為對純星煌式武裝而言，肯定希望這樣的世界。所以才不想阻止妳嗎？」

克勞蒂雅對手中的雙劍露出責備的眼神並苦笑，然後靈巧地聳聳肩。

「只要適合率夠高，純星煌式武裝就不會背叛使用者。但原來武裝也會消極協助我們嗎。原來你這麼可憐啊，《潘＝朵拉》。」

《瓦爾妲＝瓦歐斯》也佩服地表示。

「總之我一直思考……明明隨時都能以《孤毒魔女》的力量毀滅Asterisk，但為何你們金枝篇同盟偏要挑《王龍星武祭》決賽結束後啟動計畫——因為你們需要新的象徵吧。所以你們為了炒熱大會氣氛，才逼綾斗參加《王龍星武祭》。」

「這不是我的提議，而是馬迪亞斯和狄路克。我認為不該拘泥於什麼《星武祭》，趁早執行計畫。不過我也明白，這樣最有效，如今我不會再抱怨。」

象徵？有效？究竟是什麼意思啊。

可能美奈兔的表情透露心中想法，克勞蒂雅嘻嘻一笑。

「本屆《王龍星武祭》吸引前所未有的目光，世界上許多人都在觀賞在本屆大會戰鬥的《星脈世代》。史上第二次大滿貫與史上第一次《王龍星武祭》三連霸在決賽較勁，當然精采。比賽氣氛愈熱烈，平時對《星武祭》沒興趣的人，也可能在周遭熱情刺激下觀賞。實際上如何我們姑且不論，來假設最有可能的情況吧。《孤毒魔女》贏得冠軍，順利達成三連霸。現場與轉播收看觀眾情緒沸騰，稱讚她的豐功偉業。然後到了頒獎典禮——《孤毒魔女》突然翻臉，以力量殺害Asterisk的人。慘狀第一時間向全世界播送……反正你們肯定早就控制了電視臺吧？」

對於克勞蒂雅拋出的問題，《瓦爾妲＝瓦歐斯》點頭表示肯定。

「那當然。即使沒有人，轉播專用的擬形體也會持續播放畫面。」

「那麼若宮同學，如此一來妳會這麼想？」

「咦……？」

話題突然來到自己身上，美奈兔感到不解，但依然思考答案。

「這個……當然無法原諒《孤毒魔女》！是這樣沒錯吧……？」

「沒錯，妳說得對。羨慕與喝采會瞬間扭轉，變成憎恨與恐懼……但是《孤毒魔女》屆時已經不在了。這次的恐怖攻擊似乎要以生命為代價。結果失去宣洩口的負面情感，可能會傾瀉在所有《星脈世代》身上。」

「咦？可是這樣……有點太跳躍了吧？」

發生這麼大的事件，民眾肯定會強力批判《星脈世代》。但光是這樣不太可能演變成決定性的分水嶺。

「如果在別的地方發生，或許是這樣。但是很可惜，這裡是Asterisk。這裡是關閉《星脈世代》的鳥籠，讓《星脈世代》彼此決鬥，並且當成娛樂來消費的庭園。這座都市還象徵普通人控制並管理《星脈世代》。一旦這座都市毀滅，代表《星脈世代》變成普通人眼中的燙手山芋，原本保證的安全也不復存在。普通人對《星脈世代》的眼光肯定也會瞬間扭轉。」

「可、可是……！這點程度的話，還不至於吧……」

這樣應該不至於引發大規模動亂。

正當美奈兔要這麼說的時候。

「沒錯，光是這樣還不夠。但是這起事件只是為了創造全新的象徵。以Asterisk為祭品，將《孤毒魔女》奧菲莉亞・蘭朵露芬塑造成憎恨的象徵。我們另外還準備了執行者。」

剛才幾乎沒插過嘴的《瓦爾妲＝瓦歐斯》開口。

「執行者……？」

「他們肯定早就在全世界安排了《星脈世代》至上主義者。屆時呼應奧菲莉亞的行動，同時引發恐攻。一旦有親人受害，人的漠不關心與寬容心都會瞬間消失無蹤。」

「怎麼會……！」

這樣就另當別論了。

不只在Asterisk，還要在全世界散布憎恨《星脈世代》的種子。如此一來，普通人真的會與《星脈世代》鬧到水火不容的地步。

「反正妳的力量早就對那些恐怖分子洗腦了吧？」

「妳說得對，但又不完全對。絕大多數人原本就對《星脈世代》的遭遇不滿，我只是稍微煽動他們而已。其實也可以從零開始植入憎恨，但這樣很花時間與功夫，不適合湊齊足夠數量。」

「數量……？妳究竟洗了多少人的腦？」

「我實在記不住了，應該不少於一萬人。」

「一、一萬人……!?」

美奈兔已經無法想像，如果這麼多人在全世界同時引發恐攻會怎樣。

「每年都有大量《星脈世代》從世界各地來到這座都市，同時有大量《星脈世代》離開前往世界各地，我只要從中挑選出色人物即可。當然也有人即使受到我的干涉，依然不肯訴諸武力。反過來說，有人反而主動建立恐怖組織。即使我不出手，這些人也會自己尋找同伴，真是太好了。」

「可是……《星脈世代》就算與普通人抗爭，應該也沒什麼勝算吧？」

沒錯，普通人與星脈世代的數量差距太大了。不論《星脈世代》的戰鬥力有多優秀，也不足以扭轉數量劣勢。

「針對這一點，我還準備了別的計畫。《星脈世代》要獲勝，不需要殺光所有普通人。簡單來說，由《星脈世代》實際控制統治階層，也就是統合企業財團即可。不過之後就與金枝篇同盟無關了。」

說到這裡，《瓦爾妲＝瓦歐斯》停頓片刻，然後深吁一口氣。

「……第一次是《翡翠黃昏》。由於我還不成熟，最後計畫失敗。當時我對人類還一無所知，而且赫爾加・林多瓦爾的力量完全輾壓我。第二次是再度引發《落星雨》。這是整頓世界最聰明的方法，卻因為馬迪亞斯愚蠢的感傷而受挫。只差一步就能將艾克納托送上月球了。」

「咦……？」

送上——月球？

「而這是第三次。這次一定要完成我的計畫，我不會再讓任何人阻撓了……！」

《瓦爾妲＝瓦歐斯》說到這裡，猛然發出漆黑光芒。

從全身散發的壓迫感，顯示《瓦爾妲＝瓦歐斯》的強烈決心。

「說了這麼多，現在知道妳們不可能妨礙我們的計畫了吧？知道就趕快離去。趁現在還有機會逃出生天。」

「很難說哦。如果現在能打贏妳，至少能阻止在妳的干涉下想引發恐攻的人吧？」

克勞蒂雅面露笑容，對《瓦爾妲＝瓦歐斯》的恫嚇四兩撥千斤。

「未必，一旦開始行動，即使從我的能力中解放，也有許多人不會停下來。若是組織就更是如此……何況妳真以為能贏過現在的我？」

黑色光芒在《瓦爾妲＝瓦歐斯》的右手集束，形成扭曲的巨大戰斧。

從她身上散發的壓迫感變成殺氣。

但克勞蒂雅依然滿不在乎。

「嗯，那當然。因為——妳一直在害怕這孩子吧？」

說著，克勞蒂雅轉了一圈兩手的雙劍。

「害怕？我嗎？哼！妳在胡說什……」

「為何妳特地告訴我們這麼長的故事？那還用說，一部分原因是爭取時間，拖到決賽結束。不過最重要的原因是，妳不想和《潘＝朵拉》打。」

克勞蒂雅微笑，她從容的笑意看起來非常開朗。

「胡說八道！」

《瓦爾妲＝瓦歐斯》釋放大量黑色光芒，直撲克勞蒂雅。

「恩菲爾德同學！」

但是克勞蒂雅嫣然一笑，連躲都不躲。

「咦……？哎呀……？」

「怎麼可能……！」

剛才這道黑色光芒讓美奈兔強烈頭疼。可是克勞蒂雅不僅文風不動，臉上的微笑甚至絲毫沒變。

她反而溫柔地繼續開口。

「不愧是純星煌式武裝，妳的行為非常合乎邏輯。如果能以妳的強大力量解決我們，根本不需要多廢話，趕快動手即可。妳沒有動手，代表妳知道這孩子真正的力量。沒錯，這是當然的。因為這孩子和妳都是拉迪斯勒夫・巴路托席克教授的作品，就像姊妹一樣。」

《瓦爾妲＝瓦歐斯》一口氣縮短間距，砍向咯咯笑的克勞蒂雅。巨大戰斧從肩膀斜著劈向克勞蒂雅——看起來是這樣。

可是。

「什麼……！」

「不會吧!?」

下一瞬間，克勞蒂雅出現在《瓦爾妲＝瓦歐斯》的身後。

雙劍瞄準《瓦爾妲＝瓦歐斯》的喉嚨，一閃。

「嘖！」

以毫釐之差跳開的《瓦爾妲＝瓦歐斯》躲過這一劍。她第一次露出驚愕與憤怒的神色，瞪向克勞蒂雅。

「哎呀，速度真快。普通攻擊果然對妳無效嗎？」

「……怎麼可能。怎麼可能、怎麼可能、怎麼可能、怎麼可能！不可能！難道妳真的能發揮《潘＝朵拉》的真正力量嗎！」

其實美奈兔也見識過不同層次的高速動作。在魎山泊鍛鍊美奈兔的星露，毫無疑問是美奈兔見過最快的人。一開始完全看不清星露的動作，後來視線逐漸追得上她了——能不能應付是兩回事。

但是連美奈兔的眼力，都完全看不清剛才克勞蒂雅的動作。

應該說她可能根本沒移動過。很像席爾薇雅在《王龍星武祭》半準決賽中使用的瞬間移動……

「妳剛開始交手的時候，這樣說過吧？『就算利用《潘＝朵拉》的預測未來能力』，我也贏不了妳。妳說得沒錯，現在我即使傾注所有預測未來的存量，也打不贏妳。這一點妳說得對，可是妳真的很老實。因為妳說的不是『利用《潘＝朵拉》的力量』也贏不了妳。這是向同胞表達敬意嗎？還是身為純星煌式武裝的自負？無論如何，如果是這樣的話——」

這時候，克勞蒂雅刻意露出與剛才不同的笑容。

不是微笑——而是嘲笑。

「真沒意思。」

裝。

「妳——！」

咆哮聽起來模糊不清。說不定並非發自席爾薇雅之口，而是胸口的純星煌式武

高高舉起的漆黑戰斧一砍。可是這次在讓克勞蒂雅腦袋分家前，卻揮了個空。

「以前妳一直玩弄人類。現在得讓妳嘗嘗屈辱的滋味，即使是一億分之一也好。」

和剛才一樣，克勞蒂雅不知何時出現在《瓦爾妲＝瓦歐斯》的斜後方。

她臉上的笑容頓時消失。

「斬斷因果吧——《潘＝朵拉》。」

克勞蒂雅的雙眼發光，顏色與雙手純星煌式武裝的萬應精晶一樣。

簡直就像惡魔的瞳眸。

「————!?」

《瓦爾妲＝瓦歐斯》的確以戰斧擋住了舞動的兩把刀刃。沒錯，照理說已經擋住

了。

「怎、怎麼會……？」

可是下一瞬間，《瓦爾妲＝瓦歐斯》脖子下的本體被斬斷，滑落地面。同時席爾

薇雅的身體獲得釋放後，也栽倒在種滿花的花壇中。

「沒用的。妳應該也知道吧？這孩子……《潘＝朵拉》的真正力量是『操縱因果律』。憑妳的力量是無法抵抗的。」

宛如打頭陣的克勞蒂雅華麗地揮舞雙劍，俯瞰掉在地上的《瓦爾妲＝瓦歐斯》。

「操縱，因果律……？不是預測未來……？」

一頭霧水的美奈兔詢問，克勞蒂雅便溫柔地看著她回答。

「沒錯，意思是《潘＝朵拉》能干涉這個世界的因果，預測未來是這個能力的衍生品。只要斬斷原因與結果，就算受到《瓦爾妲＝瓦歐斯》的力量，也不會有任何影響。因為『承受黑光的原因』與『干涉精神的結果』連不起來，同樣以武器攻擊也砍不中。如果運用在攻擊上，就能像剛才一樣，只到『砍中』的結果。」

「……」

美奈兔一句話也說不出口，只能茫然張著嘴。

這樣豈不是無敵嗎。

『可惡……！』

這時候，腦海中突然想起聲音。

『可惡、可惡……！妳們這群沒開化的野人……！竟然會打敗我……！我不接受……！我不接受……！我還沒輸……！』

毫無疑問。

這是《瓦爾妲＝瓦歐斯》的怨恨。

它似乎還想逃跑。即使外殼遭到切斷，一部分依然像蟲腳一樣活動，在地面匍匐前進。

「真是的……還不死心啊。」

克勞蒂雅嘆了一口氣，以雙劍砍飛《瓦爾妲＝瓦歐斯》。

『嘰咿咿咿咿咿咿咿咿咿咿咿咿咿咿咿咿咿咿咿咿！』

掉在美奈兔腳邊的《瓦爾妲＝瓦歐斯》，發出震耳欲聾的尖叫聲。

「那麼若宮同學，拜託妳一項只有妳能完成的任務。」

「只、只有我能完成的任務……」

話說她剛才也這麼說。

「它不該存在於這個世界上。我不會說所有純星煌式武裝都這樣，但至少它與這個世界完全無法相容。」

美奈兔不了解事情全貌，但她也明白。

這項純星煌式武裝──《瓦爾妲＝瓦歐斯》，光是存在就會引發動亂。

「而且……我已經到極限了。」

說到這裡，克勞蒂雅無力地癱倒在地上。

即使以雙劍代替手杖支撐身體，她的表情很明顯失去生氣，虛弱的笑容甚至讓人看得心疼。

「您、您沒事吧⁉」

「呵呵，我不會立刻有生命危險，放心吧。操縱因果律的代價是未來本身。換句話說——是壽命。」

「！」

這次換美奈兔啞口無言。

「沒關係，反正這條命本來就是撿來的。以幾年壽命換得拯救世界，不是很賺嗎？」

緩緩依靠雙劍癱坐在地上，克勞蒂雅依然對美奈兔眨單眼。

「操縱因果律達成的目標與原本的因果差異愈大，支付的代價也愈高。這一次要付出的代價倒沒那麼多。」

既然她展現如此強大的決心，美奈兔當然得奉陪到底。

失血過多導致視線模糊，連站起來都很勉強。但美奈兔依然竭盡最後的力氣起身。

「……我知道了。那我該怎麼做才好？」

「一般而言很難破壞萬應精晶。就像本屆《王龍星武祭》中，《大博士》希兒妲・珍・羅蘭茲一樣，施加超人般的力量並非不可能。但她和《孤毒魔女》同樣，有接近無限的星辰力才辦得到。憑我和席爾薇雅是做不到的。或許靠綾斗與《黑爐魔劍》也很困難，不過……憑妳的《重鋼手甲》就有機會。」

原來如此。

《重鋼手甲》的確能自由改變本身重量，不過在實戰可運用的範圍中，沒辦法變得太重。

美奈兔只在造成衝擊力的瞬間增加手甲重量。但如果時機與力道有誤，肩膀一下子就會脫臼。

但如果目標停止不動，那就另當別論。

不論是一噸或十噸，都可以隨意增加。若將破壞力集中在一點，《重鋼手甲》多半不會輸給任何純星煌式武裝。

美奈兔深呼吸一口氣，鞭策傷痕累累的身體，然後拳頭置於《瓦爾妲＝瓦歐斯》之上。

不過這時候美奈兔想起一件事，猛然抬頭望向克勞蒂雅。

「放心，我已經透過預測未來確認過了，正下方直到一樓的所有走廊都沒人。」

「感謝您！」

這樣就沒有後顧之憂，可以卯足全力。

『妳要做什麼……？難道……難道!?快住手！快住手快住手快住手！』

腦海中響起悽慘的尖叫。但是對集中精神的美奈兔而言，連雜音都不算。

美奈兔扭轉手臂，握緊拳頭。

「喝啊————！」

「快住手————————！」

帶有旋轉的拳頭以輾壓級的重量，壓迫《瓦爾妲＝瓦歐斯》的萬應精晶。

玄空流——『崩抉』。

「嘰咿咿！」

《瓦爾妲＝瓦歐斯》的慘叫聲在腦內迴響。

衝擊力輕易貫穿庭園地板，將《瓦爾妲＝瓦歐斯》砸在四十一樓的地板。但是力道依然沒有停止，繼續往下穿破四十層、三十九層，三十八層。眼看萬應精晶開始出現了裂痕。

最後美奈兔貫穿了四十二層飯店的每一層，砸在厄托那飯店的入口。

地震般的衝擊力晃動整座厄托那飯店。

「呼……呼……」

美奈兔在入口大廳砸出巨大的陷坑。舉起拳頭後，只見萬應精晶粉碎的殘骸。

「結、結束啦……」

隨後美奈兔呈大字仰躺在地上，深深吁了一口氣。

終章

阿勒坎特學院學生會長左近州馬，坐在面朝湖水的咖啡廳陽臺席。他以手撐著臉，茫然注視著面前大吃煎餅的少女面容。

「……？州馬同學，你也要吃嗎？」

似乎察覺到他的視線，少女抬起頭，靜靜地遞過叉子。

「不，不用了。」

「是嗎？」

少女一頭輕柔的捲髮，身材嬌小又嬌嫩，可愛的眼鏡正好跨在鼻梁上。楚楚可憐的少女名叫費布洛孃‧伊格納托維奇。別看她外表可愛，其實她是別名《原理魔女》的阿勒坎特排名第一。

阿勒坎特的排名競爭是六間學園中最寬鬆的。原因很多，不過首當其衝的就是派系主義的弊端。實踐班的學生會受到各派系拉攏，多數情況下派系的意見大於學生個人。因此幾乎都由派系決定由誰參加正式排名戰——甚至連參加與否，也是派系說了算。

而且阿勒坎特的學生即使在《星武祭》表現優秀，本人能力也很少受稱讚。因為比起學生本人，新技術與武器武裝更受矚目。

這種情況下，學生自然對比賽興趣缺缺。相較於其他學園，實踐班學生在校期間也是出了名的短，而且短得離譜。許多學生迅速參加三次《星武祭》後立刻畢業。即使有人升學進入大學部，但也為數不多。因此《星武祭》愛好者與博彩公司還挖苦『天底下最不可信的，就是阿勒坎特的排名』。實際上連學生會長州馬都能肯定，網路上的評論網站『六萬神殿』與『詩句蜜酒』比較可靠。

但即使在阿勒坎特，唯有排名第一另當別論。

身為學園的代表，堪稱最強的人。依照慣例，排名第一甚至不受派系之間的權力交易影響，唯有真正的強者能登上排名第一的特別寶座。

學園的顏面──阿克坎特的最強《魔女》，現在正享用一大塊煎餅。面無表情的她，嘴裡塞得滿滿的。她的模樣別說最強，左看右看都像隻小動物。

（不過她為何偏偏挑今天這個日子耍性子呢……）

阿勒坎特的學生會長沒有實權，和葵恩薇兒學生會長一樣並稱為兩大花瓶。但州馬好歹還是學生會長。不該在《王龍星武祭》決賽當天，還是決賽已經開打的時刻，在這種地方閒晃。
——不過這也無可奈何。
費布洛孃是《思想派》珍藏的學生。《思想派》專門解析落星工學的基礎理論，以及與萬應素相關的自然法則。在阿勒坎特，實踐班學生的地位普遍比研究班學生低。她雖然是實踐班學生，卻具備極為稀有的能力，因此在《思想派》內獲得特權。
不過她平時極少主張自我。總是聽話地默默配合研究，堪稱模範特待獻身生。除了每個月一次，提出絕不退讓的任性要求以外。
有些要求讓人聽得一頭霧水。比方說『想吃法式炸羊排與螯蝦，佐松露、牡蠣與栗子奶油』、『在三萬公尺高空玩九子直棋』。也有些要求像是『想看書』、『想午睡』很容易達成。無論如何，如果費布洛孃無法滿足任性要求，就會非常不高興。《思想派》最害怕的就是這一點。
也難怪他們害怕，因為沒人知道不高興的費布洛孃會做什麼。連州馬都深刻明白這件事。畢竟就是自己的姊姊發現費布洛孃，帶她進入阿勒坎特。她是前任《思想派》總代表左近千歲，目前不知為何成為《星武祭》人氣解說員。費布洛孃從當時就認識州馬。
這次費布洛孃的任性要求是『想在看得見湖水的咖啡廳吃煎餅』。難度不高，問題是還附加了條件：『要和州馬同學一起』。

自己沒有義務答應《思想派》的要求。即使只是花瓶，州馬依然是學生會長。表面上有一定權力與立場。但正因為擔任學生會長，州馬想與各派系維持良好關係。

州馬是個平凡的研究員，也是平庸的學生會長。不過對於調整派系平衡與交涉能力，他倒是有一定的自信。

最近阿勒坎特的勢力分布以《獅子派》與《雕刻派》為中心。《超人派》與前述兩派分庭抗禮，不過現狀即將改寫。《超人派》失去了代表，《大博士》希兒妲・珍・羅蘭茲；最大派系《獅子派》在領袖卡蜜拉・帕蕾特退位後，派系也不統一。《雕刻派》雖然在本屆《王龍星武祭》留下成績，但他們本來就是小派系，無力掌控議會。總是維持獨特定位的《思想派》可不能小覷。

因為這些原因，州馬只能呆呆看著費布洛孃。她正在大吃特吃煎餅，嘴裡塞得滿滿的。

「……妳臉上沾到奶油了，費布洛孃。」

「哪裡？」

「右臉頰……啊，算了，妳別動。」

州馬以手帕幫她擦拭後，她像貓一樣瞇起眼睛。

費布洛孃很少在臉上透露表情，卻十分親近千歲。可能因為這樣，她還算信任州馬……應該是。其實州馬也不確定。

（幸好照這樣看來，還可以出席頒獎典禮……）

依照慣例，六間學園的學生會長都要出席《星武祭》頒獎典禮。也有像星露這樣找人代理，但州馬膽子沒這麼大。

在州馬如此尋思時，視線不經意望向湖泊，結果原本停在附近碼頭的水上運輸船突然爆炸起火。

「啊……？」

事情太過突然，州馬茫然張嘴，睜大細長的眼睛。

不幸中的大幸是，乘客還沒上船，不過船員紛紛跳進湖中逃命。在觀光客此起彼落的怒吼與尖叫聲中，又接連響起爆炸聲。

州馬慌忙衝出陽臺，發現熟悉的大型擬形體手拿武器，持續破壞。

「ＡＲ—Ｄ……？它怎麼會在這裡……？不、不對，更重要的是快阻止它！它到底在搞什麼鬼！」

全世界看過《鳳凰星武祭》的觀眾，都知道ＡＲ—Ｄ隸屬阿勒坎特。如今ＡＲ—Ｄ在街上肆虐，可不只是州馬的責任，而是整個阿勒坎特要負責，一不小心連母團體聖母之索都會遭到批判。

趕到現場的州馬以強烈語氣命令AR—D停止。但擬形體轉過頭來，一語不發低頭看著州馬。

這時候州馬才發現，雖然很像，但這並非AR—D。是不同的擬形體。

而且仔細一瞧，發現擬形體不只一架。光是四周隨便就有五架。考慮到其他地方也發生爆炸的話，數量可能更多。

（量產型……？可是我沒收到這種報告——）

……不，有可能。

AR—D研發負責人是《雕刻派》領袖，艾涅絲妲・裘奈。她和《大博士》都是阿勒坎特首屈一指的天才兼問題人物。如此一來，她在私底下搞鬼也不奇怪。

這時候剛才盯著州馬的擬形體，緩緩舉起槌型煌式武裝。它可能認定妨礙的州馬必須排除。

「哇……！」

雖然州馬是《星脈世代》，卻屬於研究班。沒有受過戰鬥訓練，根本不是AR—D這種戰鬥用自律式擬形體的對手。

結果迅速介入雙方的人影，擋住了猛然砸下的槌型武裝。

「費布洛孃……！」

以一隻右手擋住巨槌的費布洛孃，左手有一本翻開來的厚書。

「……你在做什麼？」

不知道她這句話在指州馬，還是指擬形體。州馬只知道根據她的說話音調，她的心情非常不好。當然是因為『在能看湖的咖啡廳和州馬一起享用煎餅』的要求遭到妨礙。

費布洛孃直接以一隻手捏扁槌型煌式武裝。然後像輕輕敲門一樣，『咚』一聲敲了擬形體的胸口。

結果擬形體的上半身立刻炸飛，連痕跡都不剩。

（剛才……是改寫了牛頓定律嗎。）

《原理魔女》費布洛孃的能力，是改變物理法則。

簡單來說，牛頓第二運動定律的內容是『力量的大小由質量與加速度決定』。費布洛孃改寫了運動方程式，變成一點點力量和加速度都可以產生超強的力量。

不只是這樣。

她可能還改寫了第三運動定律——作用與反作用力的法則，以保護自己的拳頭。否則她嬌小的手應該早就廢了。

「可以不要妨礙嗎？」

不論任何時候，費布洛孃都以疑問語氣對任何人說話。彷彿在說世間充滿未知的事物。

剛才在四周的擬形體紛紛上前，包圍費布洛孃與州馬。

但是費布洛孃面不改色，翻過左手厚書的頁面。

新的頁面是白紙——應該說整本書都是白紙。費布洛孃似乎在這張白紙頁面寫下改變的法則，並且計算。當然她並非實際拿筆書寫，只是以視線掃過。這本空白的書就是費布洛孃的武器，也是能力媒介。

然後費布洛孃舉起右手，握緊原本張開的手掌。

這一瞬間，包圍兩人的擬形體同時發出啪嘰啪嘰的聲音。就像紙張揉成團一樣，捏扁了擬形體。不久擬形體的殘骸在空中壓縮成小石頭的尺寸，紛紛掉落地面。從地面砸出陷坑來看，殘骸似乎與原本的質量一樣。連州馬都不知道她究竟改變了什麼物理法則。

「回去吧，州馬同學？」

若無其事的費布洛孃注視州馬的臉，略為歪著頭。她的意思大概不是回到學園，而是回到那間咖啡廳的陽臺席，享用剩下的煎餅。

現在可不是吃煎餅的時候。Asterisk 四處還在響起爆炸聲，並且冒出火光。得先搞懂現在究竟發生了什麼事，還有許多事情得質問艾涅絲妲。

可是——州馬現在無法搖頭拒絕。

「哎……知道了，我陪妳吧。」

嘆了一口氣，無可奈何的州馬跟在費布洛孃身後。

一切都是為了費布洛孃的任性要求。

其他客人與店員可能已經避難，咖啡廳內空無一人。回到桌椅東倒西歪、散落一地的陽臺席後，費布洛孃繼續享用還剩下一半的煎餅。

「……如果妳肯參加《星武祭》的話，我身為學生會長的立場也會好一點。」

州馬不抱希望地開口後，嘴裡咀嚼的費布洛孃等吞下去才簡短開口。

「我討厭戰鬥喔？」

「嗯，嗯，我當然知道。」

州馬失落地垂頭喪氣。

所以費布洛孃從未在正式排名戰以外戰鬥。況且《思想派》根本不會答應費布洛孃參加《星武祭》。有那種時間的話，還不如盡可能發揮費布洛孃的力量研究。

不過——州馬還是心想。

如果費布洛孃參加本屆《王龍星武祭》，今天站在決賽舞臺上的人可能是她。

＊

電梯門開啟後，呈現一片廣大的空間。

六角形廣場模仿《星武祭》的舞臺。每一角都有一根柱子，內部設有電梯。

綾斗與紗夜進入廣場——這裡曾經是非法武鬥大會的遺址，名叫《蝕武祭》——

隨即聽到有人開口。

「真是不請自來的客人啊。」

坐在後方——即將崩塌的柱子殘骸下方的男子，臉上露出淺淺的微笑。他戴著面具，身上穿著白色決鬥外套——據說這外套是發給獲選成為《蝕武祭》的決鬥者。男子站起身後，敞開雙手表示。

「不過既然來了，那就歡迎你們吧。天霧綾斗，還有沙沙宮紗夜。我獨自看著這座城市走向毀滅，正覺得有點寂寞呢。」

「……馬迪亞斯・梅薩。」

綾斗咬牙切齒地說出男子的名字。

他擔任《星武祭》營運委員長，曾經稱霸《鳳凰星武祭》。

既是《蝕武祭》獲選決鬥者《處刑刀》，同時還是《赤霞魔劍》的使用者。

還是害綾斗的姊姊遙受苦的元凶，更是遙的親生父親。

現在更是企圖毀滅Asterisk的金枝篇同盟主謀，而且讓綾斗重要的夥伴尤莉絲忍受難以想像的悲痛。

「——我是來阻止你的。」

綾斗說著，同時啟動《黑爐魔劍》。

「呵……別那麼著急。你們也享受一下這份餘興節目如何？畢竟是你們主動上門的。」

馬迪亞斯說著，『啪』一聲打了個響指。

隨即出現無數空間視窗，幾乎覆蓋整座廣場。

螢幕中顯示的是——

「綺凜……！還有席爾薇雅與克勞蒂雅……！」

紗夜指出的空間視窗中，顯示著與帕希娃戰鬥的綺凜，還有與變異戰體交鋒的克勞蒂雅。

不只是這樣，其他空間視窗還顯示警備隊迎戰大量變異戰體，以及設施單方面遭到破壞等影像。

「這是變異戰體配備的監視器傳來的即時影像。噢，在城市內肆虐的變異戰體只會破壞逃脫路徑，以及吸引警備隊注意。你們可以不用理會。」

意思是克勞蒂雅她們順利抵達了《瓦爾妲＝瓦歐斯》的所在位置。

（太好了……第一階段成功了。）

之後就相信克勞蒂雅她們吧。

「……哦？和恩菲爾德小姐在一起的是若宮美奈兔嗎？」

見到影像後，馬迪亞斯發出意外的聲音。

「美奈兔妹妹她……？」

什麼時候找她來的呢。

和克勞蒂雅一起戰鬥的確是美奈兔。

「不過她的確有這個權利。隨她高興吧。」

「你說權利……？聽你的口氣，美奈兔妹妹的父親身亡的意外，果然與你有關嗎！」

美奈兔小時候，父親因為新型火箭引擎的爆炸意外而身亡。其實曾經懷疑，金枝篇同盟是否與那起意外有關……

在綾斗怒目而視之下，馬迪亞斯故作心痛地搖頭。

「噢，因為當時我們無論如何都需要那具火箭引擎。不過是瓦爾妲擅自決定，為了偽裝而引發爆炸意外……真是對不起美奈兔啊。」

「有夠厚臉皮……」

他的話中絲毫沒有任何感慨。

聽馬迪亞斯的語氣，人命簡直比路上的石頭還不值錢。這讓綾斗湧現新的怒火。

「不過想不到，她會在這個時間點出現。雖然計畫很亂來，但的確有思考過。算你們厲害，這時候我們的確無法聯絡奧菲莉亞小姐。前提是……不知道她能撐多久呢？」

馬迪亞斯的視線望向別的空間視窗，上頭顯示與奧菲莉亞決鬥的尤莉絲。是決賽的轉播畫面。

尤莉絲與奧菲莉亞正發揮彼此的能力，正面交鋒。

「──尤莉絲肯定會成功的。而且在她們分出勝負之前，只要我們結束這一切就行。」

「綾斗說得對，不會再讓你隨心所欲了。」

紗夜也啟動赫涅克萊姆，槍口瞄準馬迪亞斯。

「原來如此。你們真的跑來找我，恩菲爾德小姐她們跑去找瓦爾妲。但你們知道我們還有一名同夥吧？可惜他身邊沒有變異戰體，這裡無法顯示他的影像。你們找到他了嗎？」

「這──」

沒錯。

金枝篇同盟的主謀有三人。馬迪亞斯・梅薩，《瓦爾妲＝瓦歐斯》，以及狄路克・艾貝爾范。就算綾斗與紗夜在此地擊敗馬迪亞斯，克勞蒂雅她們戰勝《瓦爾妲＝瓦歐斯》。只要狄路克還活著，就無法阻止他對奧菲莉亞下命令。

現在英士郎應該正在搜索他的所在位置……

「哈哈，你真是不會說謊。都寫在臉上了。」

見到綾斗的模樣後，馬迪亞斯咯咯笑。

「正好我也有話和他說，就確認一下這件事吧。」

然後馬迪亞斯從懷裡掏出手機操作一番，隨即開啟新的空間視窗。

『……呿！這種緊要關頭幹麼聯絡啊。要是只有無聊事情，老子我就馬上掛斷。』

紅髮青年一臉不悅，咂舌的同時出現在畫面中。

「不不不，是很重要的事情。」

馬迪亞斯有些裝模作樣地轉了轉手臂，繼續對狄路克開口。

「意想不到的客人跑來找我和瓦爾妲。我擔心也有人跑到你那邊去。」

『哦，是嗎，那真是不得了。不過放心吧，老子我這裡沒什麼異狀。』

「太好了。那麼你那邊一切依照計畫嗎？」

『算是吧。』

狄路克興致索然地回嗆。然後隔著空間視窗，對綾斗露出充滿厭惡的視線。

『喲，天霧綾斗。夜吹那小子似乎掌握了某些線索……不過很可惜，似乎還沒逮到老子我啊？』

「唔……！」

不知道是克勞蒂雅的情報有漏洞，還是狄路克隱藏的手段更加高明。如果連英士郎都找不到，就算綾斗等人幫忙搜索，估計也徒勞無功。

「不，還不確定。夜吹雖然很可疑，不太能信任，但他的能力很可靠。在期限之前肯定——」

『哼！真是死腦筋。』

狄路克的開罵打斷了紗夜的話。

『聽好，你以為老子我現在人在哪裡？在飛艇內，空中啦。換句話說，如今你們再怎麼掙扎，都不可能來到這裡。』

在空中……！

不論英士郎多麼神通廣大，的確也很難抵達該處。

不，其實並非不可能，但在有限時間內實在沒辦法——

「不得了，計畫這麼順利，真是羨慕啊。」

這時候馬迪亞斯假惺惺地拍手，從旁插嘴。

「對了，可以先問你一件事嗎？」

『啊？什麼事？』

「——為什麼要在這個時間點背叛我們？」

「！」

與劍拔弩張的這句話相反，馬迪亞斯的口氣始終輕鬆，嘴角甚至還掛著笑容。

『哼，你發現了嗎。』

狄路克也絲毫不為所動，坦然承認。

「那還用說。根據我們的調查，他們根本沒掌握我們的目的、所在位置與關鍵情報。結果他們短短半天就一口氣找上門來，懷疑有人洩漏情報很正常吧？」

『老子我先聲明，奧菲莉亞的相關情報不是我洩漏的。多半是她自己說出來的。

老子我只是給他們一點你和瓦爾妲所在位置的提示而已。』

狄路克毫不避諱地說。

「……這是什麼意思？」

紗夜反覆看著馬迪亞斯與狄路克，訝異地皺眉。

實際上，英士郎帶回狄路克的情報是關鍵。有這項情報，綾斗等人才能找到馬迪亞斯與《瓦爾妲＝瓦歐斯》的所在位置。即使知道情報正確，依然懷疑可能有詐，沒想到他們會在最後關頭內訌。

「雖然我們三人的目標不一樣，但至少在執行計畫這一點應該意見一致。結果你竟然在這麼重要的時間點推翻一切……實在難以理解。」

馬迪亞斯說到這裡，頓時垂頭喪氣，深深嘆了一口氣。

『難以理解？哼，也對。如果你們多了解哪怕一點老子我這種人，應該很容易猜到我會這麼做。反正在你看來，老子我和瓦爾妲與普通人沒什麼區別吧？對你而言都一樣毫無價值。』

狄路克的語氣格外低沉。即使隔著空間視窗，都彷彿聽到他的焦躁。而且不只焦躁，還能感受到他充滿憎恨、厭惡、怨恨、不滿。他心中的負面情感就像黑色漩渦一樣。

『聽好，馬迪亞斯・梅薩。老子我的確恨透了這個爛世界。為了毀掉世界，才會與你和瓦爾妲聯手。以統合企業財團為首，老子我的目的是打趴所有高高在上，驕傲自滿的人。』

毀掉這個世界。

這似乎才是名叫《惡辣之王》的青年真正的目的。聽起來很合邏輯。

或許可以說，真的很有狄路克・艾貝爾范的風格。

『但老子我討厭你的程度不亞於其他人。你這人始終放不下過去，沉浸在沒出息的妄念與毫無意義的憤怒中。我也討厭瞧不起這個世界，只會追求幻想的瓦爾妲。還包括不敢負責任，逃避一切的奧菲莉亞。以及放棄與生俱來的才能，只會擺爛的帕希娃。你們所有人都讓老子我非常不爽。當然也包括你，天霧綾斗。你們這群人既礙眼，又讓老子賭爛，只會跑來攪局。』

狄路克沒有崩潰大吼，但語氣不冷靜也不平淡。他的激動情緒反而聽起來黑暗又深沉。

『如果什麼也不做，我們就贏定了，而且是完全勝利。可是……老子我受不了自己討厭的人在我面前勝利。不論是誰，我都不想看到他贏，當然也包括老子自己。因為老子恨透了自己，恨到想吐，所以老子才稍微打亂棋局。不過你也別灰心，反正你的計畫會成功一半。你的願望也許無法實現，但他們同樣無法阻止。意思是你們沒有人是贏家。對，沒錯，就是這樣，你們所有人最好都輸。不論是你，還是老子我，瓦爾妲，天霧綾斗，以及統合企業財團，這種爛世界的所有人都輸吧。沒有任何人是贏家，最好所有人都輸得一敗塗地，彼此扯後腿扯到底吧。』

最後，狄路克從嘴裡嘀咕這句話。

『——這麼一來，老子我的心情才會爽快一點。』

學戰都市

ASTERISK

後記

各位好，我是三屋咲悠。

讓各位等了這麼久，真的，真的非常抱歉。雖然有各種因素，卻由我個人失德所致，所以再次向各位道歉。

另外這次的後記同樣有暴雷成分，尚未看過本篇故事的讀者敬請注意。

主線劇情中，金枝篇同盟的企圖終於揭曉，正式開始與他們決戰。機會難得，這次就聊聊這部分吧。首先是帕希娃之戰。她算是另一個版本的奧菲莉亞。帕希娃面對失去的重大事物，藉由不斷自責，試圖定義自己。而奧菲莉亞則是放棄一切，勉強維持精神的平衡。像這種「倚靠某種重大要素」的人，在狄路克眼中只是容易拉攏的棋子。相較之下，綺凜以前同樣是一直依靠刀劍的少女。如今她仰賴的對象絕不只有刀劍，成長為一個獨立的人。如果能盡可能讓各位明白這一點，我描寫那場戰鬥就有意義了吧。

然後是瓦爾妲之戰。她是金枝篇同盟的核心，萬惡的根源——總之先假設是她吧——也終於到了與她對決的時刻。雖然並非灰色魔女里絲佩克特，不過身體遭到奪取的角色，一定要有這樣的劇情發展才行。克勞蒂亞好久沒有大顯身手了，所以讓她發揮Asterisk史上最強的作弊能力。如果局限在《星武祭》的舞臺上，激發《潘＝朵拉》真正力量的克勞蒂亞甚至能戰勝星露吧（當然需要對應的代價）。關於瓦爾妲的結局，開始撰寫外傳的時候，我就決定交給美奈兔。煩惱的則是過程，要讓她明白父親的大仇後親手結束瓦爾妲，還是在不知情的情況下動手。最後我選擇了後者，我認為這樣比較符合她。

金枝篇同盟還剩三人。狄路克與馬迪亞斯，還有奧菲莉亞，將在下一集繼續。下一集終於到了最後一集，敬請各位讀者支持到最後。

最後這次依然受到許多人的幫助。

首先是這次依然提供精美封面插圖的okiura桑，責編O桑。還有各位編輯部同仁，諸位校正人員。更重要的當然是每次都支持本作品各位讀者，在此向所有人致上最大的謝意。希望能和各位在下一集見面。

二〇二一年十月　三屋咲悠

浮文字
學戰都市Asterisk (16) 金枝爭濫
(原名：学戦都市アスタリスク16 金枝争濫)
作者／三屋咲悠　封面插畫／okiura　譯者／陳冠安
執行長／陳君平　榮譽發行人／黃鎮隆
協理／洪琇菁　國際版權／黃令歡
總編輯／呂尚燁　美術主編／陳姿學
執行編輯／石書豪
出版／城邦文化事業股份有限公司 尖端出版
台北市中山區民生東路二段一四一號十樓
電話：(〇二)二五〇〇七六〇〇　傳真：(〇二)二五〇〇二六八三
E-mail：7novels@mail2.spp.com.tw
發行／英屬蓋曼群島商家庭傳媒股份有限公司城邦分公司　尖端出版
台北市中山區民生東路二段一四一號十樓
電話：(〇二)二五〇〇—七六〇〇(代表號)
傳真：(〇二)二五〇〇—一九七九
中部以北經銷／楨彥有限公司
電話：(〇二)八九一九—三三六九
傳真：(〇二)八九一四—五五二四
雲嘉經銷／智豐圖書股份有限公司　嘉義公司
電話：(〇五)二三三—三八五二
傳真：(〇五)二三三—三八六三
南部經銷／智豐圖書股份有限公司　高雄公司
電話：(〇七)三七三—〇〇七九
傳真：(〇七)三七三—〇〇八七
一代匯集／香港九龍旺角塘尾道六十四號龍駒企業大廈十樓B&D室
電話：(八五二)二七八三—八一〇二
傳真：(八五二)二七八二—一五二九
馬新經銷／城邦(馬新)出版集團　Cite(M)Sdn.Bhd.
E-mail：Cite@cite.com.my
法律顧問／王子文律師　元禾法律事務所
台北市羅斯福路三段三十七號十五樓
二〇二三年十月一版一刷

■中文版■

國家圖書館出版品預行編目資料

學戰都市Asterisk / 三屋咲悠 著 ; 陳冠安 譯.
--1版.--臺北市：尖端出版, 2023.10 面 ; 公分.--(浮文字)
譯自:**学戦都市アスタリスク**
ISBN 978-626-377-015-7(第16冊 : 平裝). --
ISBN 978-626-377-016-4(第17冊 : 平裝)

861.57 112012402

立於頂點的冠軍即將揭曉——
《王龍星武祭》決賽，開戰！

尤莉絲戰勝綾斗，比剩下的兩人早一步晉級決賽。決賽的名額剩下一個——是紗夜，還是奧菲莉亞？
可是在準決賽的舞台上，紗夜表示想對奧菲莉亞做出一些嘗試。在比賽開始前，紗夜告訴奧菲莉亞。
「我今天不是來戰鬥——是來與妳對話的。」另一方面，在《王龍星武祭》的檯面下，綾斗等人逐漸逼近金枝篇同盟的核心——不論檯面上下，終於要進入最終決戰。最高峰學園

戰鬥演藝，即將迎向高潮的第十六集！